「わたくし、ネイティヴではないけれど、
多少聞き取りはできましてよ、専務。
わからないと思ってあれこれ言うものではないわ。
おーっほっほっほ！　おーっほっほっほっほっほっほ！」
転生者をも負かす
敏腕事業家登場!?
前世のあれこれを持ち込み お屋敷改革します
転生したらポンコツメイドと呼ばれていました 2

「ナニコレ、現実？　現実よね？
筋書きに書いてないんですけど！」
グレイスフィール
オルタンツィア家令嬢であり、前世が漫画家の転生者。グレイスフィールが前世で描いていた漫画の世界観のはずなのに、シナリオがズレはじめて大混乱中。

「お嬢様、まずは落ち着いて……」
「うるさい、落ち着け女狐」
イーディス
救貧院育ちの元ポンコツメイド。前世はホテルに勤務していた日本人。最近はお掃除グッズを自作して屋敷を綺麗にするのが趣味。
ユーリ
海の向こうの国・モンテナのガラス会社専務。彼も転生者で、イーディスに大変ご執心。口が悪く横柄な態度だが、いざとなったら助けてくれることも。

「おれはおまえを愛している」
日本語でささやかれた言葉に、
イーディスも思わず……！？

転生したら
ポンコツメイド
と呼ばれていました

前世のあれこれを持ち込みお屋敷改革します

2

紫陽凜

ill. nyanya

口絵・本文イラスト
nyanya

装丁
coil

Contents

序章

流星の降る夜には特別なことが起こると言われている。

この世界は、星辰《アストラ》の女神が編んだ織物《タペストリー》。織物に描かれた事柄は運命となり、世界を覆う巻物《スクロール》となる。だから、星辰の女神が星を降らす時は、特別な何かが起こるという言い伝えがある。

イーディスは草むらに座って空を見上げていた。いつものメイド服ではなく、質素な白いワンピース姿だ。英雄の星座の季節は終わり、乙女、白鳥を経て今は天馬の星座の季節。のはずなのだが、イーディスの見ている空は、目まぐるしく移ろっていく。高速でぐるぐると廻《めぐ》る星座の並びを目前に、イーディスは隣を見る。

彼女はイーディスと同じような白いワンピースを着て立っていた。見上げても、顔は見えないし、髪色も判然としない。それなのに、なんだか懐かしいような切ないような気持ちになる。

「だれ……？」

イーディスが尋ねると、女性はこちらを見て、微笑《ほほえ》んだ——気配がした。そして、その顔はイーディスとよく似ているのだった。見えないのに、わかる。目のかたち、輪郭《りんかく》、そして鼻筋。所々に、自分を感じる。イーディスは「ひょっとして」と前置きして、しばらくその言葉を唇に留《とど》めておこうとしたが、こらえきれずに口に出してしまった。

「ひょっとして……私の、ほんとの、お母さん？」

顔の見えない女性は腰を下ろしてイーディスと視線を合わせて、また笑い——。

場面が変わる。

イーディスはいつものメイド服を着て大広間のど真ん中に座り込んでいた。お仕えするオルタンツィアのお屋敷はしんとしていて、まるで誰も住んでいないかのようだった。とにかく光をつけなければ、と立ち上がれば、不意に怒声が降ってきた。

「イーディス・アンダント、お前は今日を限りにクビだ！」

かっと照らし出された目の前で、屋敷の若き主人、ヴィンセント・オルタンツィアが眉《まゆ》を吊《つ》り上《あ》げ――イーディスを指さした。

「荷物をまとめて出ていきなさい」

また、明かりが一つ灯《とも》る。直属の上司にあたるメイド長《ハウスキーパー》が腕組みをして立っている。イーディスは悄然《しょうぜん》として、とぼとぼ自分の部屋へ戻っていく。

途中、厨房《ちゅうぼう》のメンバーに会った。やはり頭上から差すスポットライトの明かりに照らされるようにして、彼らは立っていた。

「今日でお別れか。金皿十枚」

「イーディスさん、お元気で」

ひらひら手を振られるので手を振り返しながら、イーディスは「これからどうしよう」と他人事《ひとごと》のように考えた。ここをクビになったら、こんなポンコツメイドを雇ってくれるところなんかないじゃないか。家もない。アンダント救貧院《きゅうひんいん》には帰れない。今は冬じゃないからいいけれど……。

『物乞《ものご》いでもするの？　今から冬になるっていうのに⁉』

アニーの叫びが耳元にぐわんとぶつかってきた。闇の中から浮かび上がるアニーは仁王立ちでイーディスを見つめていて、その後ろにいつも通りシエラが隠れている。

「これからどうするつもり」

アニーがつんと言う。イーディスは悲しくなった。アニーすら引き留めてはくれない。イーディスは、誰にも必要とされていない……。

「イーディス、」シエラは何か言おうとして、またアニーの後ろに引っ込んでしまう。イーディスは出てきそうになった涙をぐっとこらえながら、無理やり笑った。

「元気でね、二人とも」

そうして二人を追い越して階段下《ベロウステア》へ差し掛かると、使用人たちの部屋がずらりと並んでいる。イーディスの狭い部屋もそこにある。もう追い出されるけれど。部屋に入ったイーディスは、暗がりで少ない自分の荷物をまとめ始めた。ヘアピン、替えのメイド服。イーディスの持ち物は、それくらいしか――。

――あれ？

イーディスははたと思い当たった。迷いながら、ためらいながらも小さな引き出しを開けると、そこに緑色のリボンを掛けられた細長い箱がある。

――私、何かを忘れてる。

リボンを丁寧にほどいて箱を開けると、中に入っているのはガラス製のつけペン……ガラスペンだ。ガラスペン……。

――何を忘れているんだろう。

イーディスはばっと背後を振り返った。きっちり三回、ノックの音が聞こえたからだ。

――ノック？　たかがメイドの部屋に？

涼やかな声が風のようにイーディスの耳元へと届く。

『浮気は許さないわよ、イーディス』

その声の主のことを思い出してようやく、イーディスは違和感の正体に突き当たった。

――グレイスフィールお嬢様。

そうか、お嬢様が居ない。

またノックの音が響く。イーディスは確信した。きっとこの向こうにいるのはお嬢様だ。

「グレイスお嬢様！」

イーディスは嬉々《きき》としてドアを開けた。そこにいたのは――

ふんだんにあしらわれたフリルの袖《そで》。ゆったりとしたスカートのドレープ。

そして厳《いか》つい筋肉質な肩《デコルテ》。きらりと光る片眼鏡《モノクル》……。

「イーディス・アンダント。時間だ」

「んっぎゃああああああああ⁉」


イーディスは女装執事にどでかい悲鳴を上げて、――そして夢から覚めた。

朝七時、十分前。秒針が進み続けている。

しばらく呆然《ぼうぜん》と時計を眺めた。

――ええと。

頭が考えるのを拒否している。

――ええと？　ええっと……。

ばっと起き上がり、寝巻を脱ぎ捨てる。ハンガーにかけられたメイド服を慌てて着る。大変な遅刻だ、イーディスはひいひい言いながら、今見たトンチキな夢について思いを馳《は》せた。女装した鍵持《バトラー》ちの執事、トーマスのあの格好ときたら。

「夢は願望の表れとか言うけどあんな願望はないわよっもうっ」

黒ボタンを掛け違えたが、もうどうでもいい、あとでいい。イーディスは帽子を握りしめるとドアを蹴《け》り開けて全速力で階段上《アップステア》へと駆け出した。


「イーディス・アンダント！」

待ちかまえているのはおかんむりのメイド長、キリエだ。

「やっと態度が改善したかと思ったら、やっぱりお前は三時間も遅刻して……ッ」

「申し訳ありません！　申し訳ありません！」

「お嬢様をお待たせするなど『お嬢様の御付き《レディース・メイド》』として言語道断！　お前はやっぱり外窓磨きに戻した方がいいわ！」

――うわあめちゃめちゃ怒ってるうう！

このキリエという女性は、仕事を粛々とこなすメイドのことは認めるけれども、粗相や失敗をしたメイドのことは誰であろうと叱りつける。特にイーディスは嫌というほど前科を重ねてしまっているため、どれだけ善行を積もうと駄目だ、一度失敗すれば過去の負債が火を噴く。

「キリエ」

そこへグレイスフィールお嬢様が現れた。オルタンツィア家のご令嬢だ。

「着替えも一人でできるし、朝も起こされなくとも起きられるわ。それにイーディスを夜更かしさせてしまったのはわたくしなのだから、そんなに怒らないであげて」

そしてグレイスフィール――グレイスは、ふとイーディスの格好を見やり、つと手を伸ばして掛け違えたボタンに触れた。

「イーディス、ボタン、掛け違えていてよ」

手ずからボタンを直す令嬢を見て、イーディスはメイド長と令嬢を見比べた。「わきまえろ」という鬼の形相をしているメイド長と、それを気にもしないグレイスと。

「お嬢様、……その、光栄です、ありがたく存じます」

「あなたと私の仲じゃない、今更でしょ」

メイド長の顔が真っ赤になっている。怒りで。

「まさかお前、イーディス、お嬢様に……その、不敬なことをしてるんじゃないでしょうね⁉」

「ないわよ、キリエ。いつもお世話を焼かれているのはわたくしよ。これくらい良いじゃないの」

屋敷の令嬢にそう言われてしまってはメイド長といえど何も言えないのだろう。

「お嬢様がそう仰《おつしや》るのならば、よろしいのですが」

そしてメイド長は疑わしげな視線をイーディスに突き刺してくる。イーディスは、直してもらった首元のボタンを撫《な》でながら、誤魔化すように笑った。

――まさか、メイド長に言って理解してもらえるような話じゃないしなぁ……。

イーディスとグレイスフィールは、流星の降る夜に生まれた『流星の子』と呼ばれる存在だ。

異世界から呼ばれた魂が、生まれてくる子の中に宿るという伝承。『流星の子』は特別と呼ばれる所以《ゆえん》がそこにある。流星の降る夜に生まれた子は、伝承の通り、異世界転生者なのだ。

異なる世界、日本の東京が存在していたあの現世から「異世界転生」してきたイーディスとグレイスフィールは、ある冬の日を境に前世を思い出した。——イーディスはあるホテルの従業員で、グレイスに至ってはこの世界の創作者である漫画家である。

つける薬もないほどのポンコツメイドだったイーディスは、仕事ができないあまりにクビ直前まで追い込まれたが、前世の知識に助けられて何とか乗り切ることができた。ついでに、お屋敷のあれこれに頭を突っ込んだり、部屋に閉じこもりきりだったグレイスを外へ引っ張り出したり……結果的にお屋敷改革を成し遂げてしまったりもした。

実を言うと「ついで」で片付けていいものではないが。

——ここは未完の物語の、しかも大筋を逸《そ》れてしまったあとの世界です、なんて。メイド長はわからないだろうし……。

本来、グレイスの前世の漫画家が切っていたネームの通りにこの「物語」は進んでいくはずだった。もとのシナリオ通りであれば、グレイスは悪役令嬢として最愛の兄に断罪され、路頭に迷って死ぬ予定だったのだ。

それを、イーディスとグレイスの二人で「なんとか回避した」のである。そう、なんとか。イーディスが前世で好きだった、ラノベみたいに。

イーディスはこの現状に「転生したら創作世界の中でした」とか、「転生したらポンコツメイド

でした」とか勝手に名前をつけている。

——まあ、前世を自覚する前がポンコツすぎたのもあるんだけど。

イーディスはしおらしく俯《うつむ》きながら、ポンコツメイド時代に転んで叩《たた》き割ってしまった金皿十枚の弁償がどこまで進んだかを頭の中で計算する。

——お給料がこれくらいだから……。

と、雀の涙ほどの給料と抱えた負債を算出するより先に、奥から主人たるヴィンセントが姿を現した。

「どうした、こんなところにみんな揃《そろ》って」

「お兄様、いいえ、なんでもございません」

グレイスが優雅に頭を下げる。令嬢が何もないと言えば何もなかったのだ。メイド長もとやかくは言わなかった。しかし。

「……イーディス、どうしたんだその髪は」

「あっ」

「寝坊でもしたのか?」

イーディスを見るメイド長の視線が鋭くなる。グレイスがよどみなく言った。

「わたくしが遅くまで絵のデッサンのモデルをさせたからよ、お兄様。イーディスは悪くないわ。悪いのは、眠る時間を削ってまでイーディスを付き合わせたわたくしだわ」

これはでまかせの嘘なのだが――実際にデッサンに付き合わされて就寝時間が遅れることがあるので、あながち間違った情報でもない。グレイスフィールは前世から引き継いだ技術で、精緻《せいち》な絵を描く。前世に置き忘れてきた夢を、今回の人生で叶《かな》えるために。

「……そうか、それは仕方がないな。イーディス、髪型は直したほうがいい」

「見苦しいところをお見せしました。申し訳ありません」

イーディスは頭を下げてすっと引っ込む。メイド長は長いため息をついた。

いつも通り髪の毛を整える。髪の毛を梳《と》かし、二本の三つ編みにまとめ直す。それを後ろでぐるりと団子にして、定位置にヘアピンをつけ、帽子を被《かぶ》る。

「よし！」

自室を出て、『御付き』の仕事をするためにグレイスを探せば、社長執務室から兄妹の熱心な話し声が聞こえてきた。

「グレイス、お前のテ、ィ、ス、事業が軌道に乗るまでどれくらいかかる？」

「テ、ィ、ッ、シ、ュ、事業ですわお兄様。開発と設備投資による赤字を黒字にするには、年単位で見なければなりません。でも、確実に需要のある商品ですので、需要と供給が釣り合えば、右肩上がりに売り上げが伸びると思っております」

「お前のショッパー事業と合わせてどうだろう」

「ショッパー事業の方は良好です。ただ、わたくしのほかにデザイナーを雇いたいくらい忙しいんですの。売り上げの方はあとで資料にまとめておきます」

「ああ、頼む。無理をするなよ」

「お兄様こそ。そっくりそのままお返しいたします。体調を崩さない程度になさってくださいまし」


イーディスはうんうん頷《うなず》いて、執務室の前を離れる。そう、なんやかんやあってこの世界でティッシュ（とキッチンペーパー）を開発しようとしていたオルタンツィア製紙は、この夏にティッシュを開発することに成功した。

グレイスによると、大規模な設備投資をしたせいでとんでもない赤字だが、ティッシュの売り上げや需要はイーディスたちのいた現世で実証されているので、あとは流行、及び定着させるのみだ、とのことだ。あとは安価にするために大量生産に向けて設備を整えなければならないらしい。

なぜ、たかがハウスメイドでしかないイーディスが会社の深い情報まで知っているかというと、ティッシュ開発にイーディスが一枚噛《か》んだからだ。令嬢がつけペンで一心不乱に絵を描き、そのインクで頬や髪の毛を汚しているのを見て、イーディスはひらめいた。


『この世界にティッシュを作るのはどうだろう？』

しかし、そう簡単に物事は進まなかった。何にしたって先立つものが必要だ。

イーディスは現在令嬢が抱えている案件を指おり数えていく。

ティッシュ事業。毎日続けているイラストの訓練。それから――そうそう、ティッシュ開発の資金稼ぎにと始めた「ショッパー」受注も好評だ。イーディスが思い立ち、グレイスが実行してみせて成功した事業の一つといっていい。

お茶会を開く貴族、あるいは企業の令嬢をターゲットに、土産物《みやげもの》を入れるための袋として提案したものである。もちろん前世から持ち込んだ概念だ。広告にもなり、記念にもなると富裕層の女性に好評らしい。デザイナーがグレイス一人しかいないため、それほど数をこなすことはできないが、リピーターが非常に多いので、それなりの金額を稼ぐことができているようだ。

そしてそんな忙しいグレイスはというと。

「ああもう、ファッキン、クソ忙しい、どういうこと」

ほどなく部屋を出てきて、上品さをかなぐり捨てて呟《つぶや》く。イーディスは静かにあたりを見回す。

「お嬢様、ここは廊下です。見られますし、聞かれますよ」

しかしながらこちらがグレイスフィールの素《す》に近いのだから驚きだ。先ほどまでの優雅な所作はどこへ行ったのやら。

「……そうだったわね。イーディス、私、今日は工場の方に行く予定があるの。その間にお部屋の掃除に入ってもらえるかしら。いい？」

「お帰りは何時ごろになりますでしょうか」

「お昼は過ぎると思ってちょうだい」

「かしこまりました」

イーディスは頭を下げて、それからにっこり笑う。

「前回のお掃除から、どれだけ綺麗《きれい》に使っていただけているか楽しみです」

「うっ」

強い意志を宿すはずの碧眼《へきがん》が、ふよふよと泳いだ。


「イーディス、イーディス！」

階段上《アップステア》から降りてきたイーディスに向かって小走りで駆けてくるのは、同い年の先輩メイド、アニーだ。そして玄関ホールの掃き掃除をしていたシエラもまた、はたと顔を上げてふんわり笑った。

「ああ、イーディスだ。よかったあ、起こしに行かないといけないかと思ったよ」

「まったくもう冷や冷やしたわよ！」

アニーが泡だらけの手を振り回してイーディスを小突いた。

「朝のミーティングに出てこないから！　まぁたポンコツのイーディスに戻っちゃったのかと思ったわ。出てこなけりゃ部屋に突撃して叩き起こす話までしてたのよ、ね、シエラ」

「うん、よかった、間に合ったね」

「間に合ってないわよ、全然」

アニーの鋭い突っ込み。シエラはにこにこしている。イーディスは頬を掻《か》いた。

「次からは気をつける……」

「まあ、前に比べたら寝坊するだけなんて可愛《かわい》いもんよね」

「なんたって『御付き』のイーディスだもんね」

「仕事もなんでもできるようになったし、掃除も綺麗だし、お皿は割らないし」

「そうそう、すごく生き生きしているし」

「失敗もしなくなったものね」

アニーとシエラは顔を見合わせる。そして笑い合った。

「なに、どうしたのよ二人とも」

イーディスはまだ何か身だしなみに問題があったかと体をぺたぺた触ったが、二人はそれぞれにこう言った。

「今日の寝坊、イーディスらしくて逆にね？」

「うん、イーディスってこうだよね」

「ああ……そういう……」

不本意ではあるが、二人にとってイーディスは「若干ポンコツでまぬけ」なくらいがちょうどいいということなのだろう。イーディスは二人の顔を順ぐりに見た。

「そういえば、特別な伝達事項とか、何か変わったこととか、なかった？」

「そうそう、そのために来たのよ、あのね……」

アニーとシエラがミーティングの内容を細かく教えてくれる。そうしてイーディスは自覚する。

ハウスメイド、イーディスの一日が、始まったのだ。

第一章

1

「快適で効率のいいお掃除には良い道具が不可欠！」

イーディスは呟きながら、自室から引っ張り出してきた鉄製のバケツを抱えてグレイスの私室に急いでいた。

このバケツは、ちょっとお給料が上がった時にうれしくて買ったものだ。ボーナスのようなものだったのだが……ボーナスで買う鉄のバケツというのも、イーディスの懐《ふところ》事情を物語っている。今まで、新人時代に叩き割ってしまった金縁の皿十枚分の弁償のために、給料がぎりぎりまで天引きされていた。自由に使えるお金はゼロ。つまり貯金だとかお小遣いが無かったので、欲しいものが買えなかったのだ。

——でもこのバケツのおかげで、かなり余裕ができた気がする。

自分のものというのは、いいものだ。「無い」ことに慣れすぎたイーディスは、このバケツを大事に使っていた。

この世界の事情は、現代のそれとかなり異なる。

オルタンツィア家では鍵持ちの執事《バトラー》としてトーマスを雇っている。執事は常に、主人の部屋以外の全館の部屋の鍵を持ち歩いており、深夜、決まった時間に各部屋に鍵をかけて回ることになっている。使用人の部屋も、令嬢の部屋も、書庫も執務室も全てだ。トーマスの仕事は屋敷の財産の管理。だからグレイスたちの部屋にはトイレと浴室が併設されていて、一つの部屋で全てが完結するようにできている。ゆえに、ひとくちに「お嬢様の部屋の掃除」といっても、部屋のみならず本当に全て、何から何まで掃除をしなければならない。

そんな鍵持ちのトーマスが、片眼鏡《モノクル》をきらりと光らせて通りかかった。彼はバケツの中身を覗《のぞ》き込《こ》むと、ふむと声を漏らしてそのまま いなくなった。彼は鍵束を持っているはずなのに、その音がしない。忍者かなにかだろうか。

「……やっぱり不思議な人だわ」

イーディスは今朝がたの夢を思い出してかぶりを振った。お嬢様の社交界デビューの時の、あの青いドレスに身を包んだトーマスの迫力ときたら……。

「いったいぜんたい、なんであんな夢見たんだろう……」

気を取り直し、グレイスのいない部屋のドアをノックして、「失礼いたします」とささやく。聞く人がいなくとも、そうしてしまう。前世の癖はそう簡単に抜けない。

ホテルマン。もっというとコンシェルジュ。イーディスは今もその知識に生かされている。

——毎回のことだけど、……客室清掃の研修の時のことを思い出しちゃうな。

まず、目立つ床のゴミをゴミ箱へ放り込んでから、ベッドのリネンを剥《は》がす！

腕まくりをしたイーディスは、てきぱきと順序を決めて一つ一つ片付けていく。前は「汚部屋《おべや》」とイーディスに呼ばれたこの部屋も、「ちょっと汚い部屋」までランクが上がった。

ベッド周辺、デスク回り、蔵書の本棚、バスルーム。イーディスは順番にくるくる回っていく。

「埃《ほこり》はそんなに気にならなくなってきたな、よしよし」

窓の枠に指をすっと滑らせてみて、イーディスは満足する。埃をたっぷり吸い込んだ（汚い）カーペットを取り換えてからマメに掃除をしているから、舞い上がる埃の量が減ったのだろう。

イーディスは腰に手を当てて掃除中の部屋を見渡す。ゴミを取り除いた床、リネンを剥がされて素っ裸のベッド、蔵書を運び出してある空の本棚、グレイスのたゆまぬ努力を物語っているデスク――やっぱりデスクが気になる。

イーディスはデスクににじり寄ってその表面を眺めた。ものは良いのに、飛び散ったインクが彫り込みの花を侵食している。グレイスが座っている椅子の上にもシミがついている。

「うーん。デスクには触るなって言われてるけど……」

イーディスは少し考えてから、先ほど持ってきた鉄のバケツの中からじゃん、と棒を取り出した。

「こんな時は輪ゴムスポンジチョップスティック！」

厨房《ちゆうぼう》から折れた箸《チョップスティック》をもらい受けたイーディスは、その先端に小さく細く切ったスポンジを包むように被せて、それを輪ゴムでぐるぐるに固定し、お掃除グッズを自作したのである。

もちろん、完成するまでに何回も失敗した。スポンジが固定されるように輪ゴムを巻くのに苦労

したり、箸が長すぎたり。

そうして完成したのがこれ、輪ゴムスポンジ（以下略）。

これを見せた時、アニーは「ゴミで何をやってるのよ」と言っていたし、メイド長に至っては嫌そうな顔をしていた。シエラだけがうれしそうに尋ねてくれた。「それはどうやって使うの？」


「こうやって……」

お嬢様が愛用しているインクは水性だ。漫画やイラストを、最近はショッパーのデザインなどを描かれるお嬢様は、作業に没頭するとあたりをインクまみれにしてしまうのである。

イーディスは水を含ませたスポンジの、角の所で彫り込みの花をなぞる。大きなスポンジだと床に水が垂れてしまうし、かといって雑巾《ぞうきん》だと精緻《せいち》な彫り込みに指が届かない。

「細かいところを溶かしてから、濡《ぬ》らした布で拭《ふ》けば……」

少し擦《こす》れば、にじむように溶け出してくる黒インク。お嬢様がたくさん描いたあかしだ。

「うん、とれる。大丈夫そう」

イーディスは額ににじむ汗を拭《ぬぐ》った。残暑の臨海都市、アーガスティンは暦の上では秋でも、まだ夏のような厳しい暑さが残っている。

腕まくりをし直して、膝《ひざ》をつき、さらにインクを落としにかかる。木彫りの花はようやく顔を見せてくれた。

「よし、綺麗」

机の上には触っていないから大丈夫だろう。

「物はやっぱり使いようよね。……一番は、こういうのが商品として簡単に手に入ることだけど」

輪ゴムスポンジチョップスティックの難点は、イーディスがまた同じものを作れるかどうかわからないところにある。

「百均とか……掃除用具メーカーとか。ないのかしら」

今度お嬢様に聞いてみよう。アイデア……というよりは、欲しいものがたくさんあるのだ。

「カーペット掃除ができるような、掃除機が欲しいな」

呟いて、まだ少し埃っぽい部屋の窓を開けた。むし暑い空気がむわっとイーディスを包み込む。

掃除はまだまだこれからだ。お嬢様が帰るまでに綺麗にしなくては。


「首尾はどう、イーディス」

厨房仕事を終えたらしいアニーが、開けっぱなしのドアから顔を覗かせた。シエラもいる。一人で歌っていたイーディスはびっくりして、輪ゴムスポンジ（以下略）を取り落としかけた。

「アニー、シエラ。どうしたの」

「寝坊して三時間も仕事に穴をあけたハウスメイドのヘルプに決まってるでしょ」

「違うよ、イーディスが一人で掃除するのは大変じゃないかってアニーが言ったんじゃない」

アニーはバツが悪そうな顔をした。イーディスは二人を見比べて笑った。

「ごめん、ありがとう。二人とも大好き」

「来たはいいけど大方終わってるみたいね。……これから長めの休憩にしちゃおうかしら」

アニーが言うと、シエラがすかさずそれをたしなめた。

「もうちょっとなんだから、お手伝いしていこうよ。イーディスも一緒に休憩すればいいじゃない」

友人兼同僚たちはなんだかんだと言いながらお嬢様の部屋に入ってきて、あたりを眺め回した。

「ベッド終わり、本棚終わり、デスクは手をつけてない……カーペットの埃を払った？」

「まだよ、丸めて運び出さないといけないでしょう。床を掃除した後、最後にしようと思っていたの」

イーディスはバケツの中からまた自作お掃除グッズを取り出した。アニーが盛大に顔をしかめる。

「まだゴミを使ってるの？　お嬢様に何か言われないの？」

「何も仰《おっしゃ》らないわ。便利に使えるならいいことね、って」

イーディスの手には、足裏にモップが縫い付けられたシューズがある。あきれ果てて何も言わないアニーに対して、

「それは何？」シエラが聞いてくれる。イーディスは胸を張った。

「シューズウィズモップ！」

要するにモップスリッパだ。

「穴が開いちゃった靴に、モップを切ったものを縫い付けてみたの。これのモップ部分を濡らして絞って、滑るみたいに歩き回るだけで床が綺麗《きれい》になるって寸法よ、ふふ」

にや、と笑うイーディスへ、

「普通にモップ掛けた方が早くない？」

アニーは懐疑的だ。

「お嬢様のご予定が詰まっている時は掃除中にこれを履いて、床掃除をやってしまうの。掃除を全部省略するよりだいぶましだわ」

「…………」

アニーは何も言わなかった。

「これはなに？」シエラがバケツの中を覗き込み、あるものをつまみ上げる。

「あ、それはね、涼しくなったら使おうと思って作っていたトイレの便座カバー。トイレの便座、冷たいじゃない？　だから冷たくないようにカバーをと思って。まだ暑いからつけてないけど」

「すごいねえ、イーディス。すごいね」シエラは目をキラキラさせてイーディスを見つめた。

「イーディスはお嬢様のことをたくさんたくさん考えているんだ」

「もちろんよ」

その横でアニーは「解せない」という顔をして腕組みをしている。ため息が一つ。

「知ってる？　イーディス。あんたがあの三人娘になんて言われてるか……工夫するのはいいことだけど、その、あまりやりすぎもよくないと思うわよ」

「なんと言われようと綺麗にしたもの勝ちだわ、アニー」

イーディスはアニーの心配を跳ね返して笑った。

くだんの三人娘というのが、エミリー、メアリー、ジェーンという三人の中流家庭の子女たちで、(救貧院育ちのイーディスと違って) しっかり学校に通い、教養を身につけた、要するに「奉公」の名のもとにこの家に勤めているハウスメイドたちだ。

この三人が、以前はお嬢様の御世話を担当する『御付き』として働いていたのだが、なんやかんやあってイーディスに交代したのである。イーディスのことを「金皿十枚」と呼んで馬鹿にしていた彼女たちも、今のイーディスの働きぶりを見て何か言おうとは思わないらしい。「イーディス」と呼ばれるようになって久しい。

しかし、彼女たちが『御付き』を降ろされたことについて、ちょっとだけ根に持っているようなのは知っている。

「まあ、イーディスが気にしないならとやかく言わないけど」

アニーはそう締め、バスルームを覗き込んだ。

「バスルームの掃除はまだなのね?」

「ええ」

「じゃあバスルームをあたしが担当するから、あんたはシエラとカーペットの埃を払っていらっしゃい。それから、シエラと二人でモップを掛ければお昼には間に合うでしょう」

「手伝ってくれるの?」

「そう言ったでしょ」

シエラがカーペットの端を持つので、イーディスも慌てて退《ど》いて、カーペットを丸めにかかる。

外に晒《さら》して、埃を払って、また戻ってくるのだ。かなりの重労働になる。

——ああ、掃除機があればなぁ……。

楽な方法を知っていると意識がそっちに持っていかれがちだ。イーディスはとほほと今日も肉体労働に勤《いそ》しむことになった。


ここは港と産業の街、アーガスティン。レスティア大陸、及びレスティア国の西側に位置する臨海都市であり、工業地帯だ。爆発的な産業の発展によって急激に科学技術が進歩しつつあるこの街では、さまざまな会社が工場を構え、日々多種多様な製品を生産している。

イーディスが勤めるオルタンツィア家の、オルタンツィア製紙会社もその一つだ。

「あの中の煙の一つがうちの工場なんだよねえ」とシエラがのんびり言う。

「そうね」

カーペットを裏から叩《たた》いたり表面を撫《な》でたりして埃やゴミを取り除いていたイーディスは、はたと顔を上げて、港の方角に並ぶ煙の列を見た。空に溶けようとするあまたの高い煙突から、もくもくと黒い煙が吐き出され続けている。

「——シエラ、そっち側はもう大丈夫?」

「うん、できた」

「じゃあ、もう一回かつぐわよ。せえの、」

イーディスとシエラは、再びカーペットを二階へと運び上げていった。

重労働に必死だったので、イーディスは異変に気づけなかった。

『カシャッ……カシャッ』

そう、乾いた音がしていたことに、気づかなかったのだ。


休憩時間になると、メイドたちはおのおの、好きなように過ごすことになっている。もちろん主《あるじ》に呼びつけられたらすぐに赴くようにしつけられているけれど、基本的に旦那《だんな》様もお嬢様もめったにそのようなことをしないので、オルタンツィアの昼は平和だ。

おやつに料理長《コック》の気まぐれサンドイッチをつまみながら、メイドたちの話には花が咲く。

「お疲れ様です」

そう言ってコップに水を汲《く》んでくれるのは、料理長の愛弟子、料理人の青年デアンだ。

「デアンもお疲れ様」

「疲れてなんかいませんよ、僕は料理が趣味ですからね」

アニーが椅子を持ってきて、厨房の休憩スペースに置く。

「ねえデアン、三人娘はまだ来てないのね」

「ああ、まだですね。今日のお仕事に手間取っていらっしゃるんじゃないでしょうか」

「何を割り振られたの？」イーディスが問うと、アニーはにやりと笑った。

「長い事開かずの間だった屋外倉庫の、蜘蛛《くも》の巣《す》取り」

「うわっ」イーディスは心の底から同情した。「あの三人、虫駄目じゃなかったっけ」

「でも仕事は仕事だわ」

アニーはきっぱりしている。

「メイド長、あの三人がお嬢様の『御付き』だった時はたくさん可愛《かわい》がってたのに。ただのハウスメイドになってからとっても厳しくなったのよね。勤務態度がなっていないって」

「メイド長ってそういうところあるよね。怠惰がきらいなの」

早くもサンドイッチの半分を平らげたシエラが頷《うなず》く。アニーは食べかけのサンドイッチを眺めながら、長々と熱弁する。

「そうよ、メイド長はイーディスが嫌いなんじゃなくて、怠けたり仕事ができなかったりする人が好きじゃないの」

「……あはは」

笑うしかない。ポンコツメイドだったイーディスは、嫌われているのかと思うほどメイド長にこき下ろされていたからだ。当然三人娘にも見下されていた。

「厳しいなぁ、キリエさんは」デアンも会話に交ざってきた。「でも、そういう一貫性のある人は僕、嫌いじゃないんですよね。そういうアニーさんも、キリエさんに似てません？」

「あたしはそういう、あんたが苦手よ」アニーがすげなく言った。

「アニー！　なんてこと言うの！」

シエラが食べ終えたお皿を前に叫んだ。「デアンに失礼だよ！」

「ねえ、メイド長に似てるって褒め言葉？　褒め言葉なの？」

「褒め言葉ですよ。一貫性があって芯《しん》のある女性だ」

「やめて！　鳥肌が立ってるから！」

アニーとデアンの応酬を聞きながら、イーディスもサンドイッチをかじる。ハムとトマト、チーズ、そしてレタスの挟み込まれたサンド。胡椒《こしょう》がよくきいている。

——労働のあとのご馳走《ちそう》、すんごくおいしい……。

一番のスパイスは達成感とちょっとの疲労、そして空腹だ。

——あ、そういえば。借金の計算、途中だったわ。

イーディスは今の給料から住み込みのために払っているあらゆる経費を差し引いて、そのうえで金皿十枚の借金の残額を頭の中で計算した。

——ええと、お給金が増額したから……今月分の天引きで借金は半分くらいまで返済できる予定？

おそらく、計算違いでなければ金皿五皿分は払い終える計算になる。今月で折り返しだ。

イーディスはサンドイッチを持ったままガッツポーズをした。言い合っていた三人が一斉にこちらを見る。

「どうしたのイーディス」

アニーが尋ねた。イーディスはアニーの口の端のパンくずを取り、それからうきうきと報告した。

「金皿十枚が五枚になったのよ！」

「つまりどういうこと？」

「借金返済が半分終わったってことですかね」

「すごいねイーディス！」

「えへへ……」

夢の貯金まであと半分。半分だ。

食べかけのサンドイッチをもぐもぐ頬張りながら、イーディスは午前中の仕事を振り返る。そろそろグレイスが戻ってきてもおかしくない。そして綺麗になった部屋で、デスク仕事をなさるだろう。ショッパーのデザインか、絵の訓練か、あるいは……。

——また汚れるのかな、あの花の模様。

せっかく綺麗にしたから、綺麗なまま保ちたい。そもそもあの机は勉強するための机であって、インクをまき散らしながらペン入れ作業をするデスクではないのだ。

——いっそのこと作業机と私室を分けるのがいいのかな。見た目も悪いし……。

その時、イーディスはひらめいた。

「……アトリエ、とか？」

「え？　なに？　アトリエ？　ってなんだっけシエラ」

「画家の作業部屋のことだよ」

「うん、そのアトリエ」とイーディスは答えた。

問題は私室の家具やラグやカーペットを汚すインクなのだ。

「お嬢様に仕事用のアトリエを作れば、私室のお掃除にこんなに時間を割かなくてもいいかもしれないと思って。何よりもインク汚れがひどいから……」

「作業部屋と私室と、掃除場所が増えるだけじゃないの？」とアニー。しかしシエラは「いい考えだね」と目を輝かせた。

「いちいちカーペットの染み抜きをしなくてもよくなるのは、いいことだよ。アトリエだから、立派なカーペットや家具を置く必要が無いし、汚れないように床に布を敷いておけばいいだけだし、布は洗濯するだけでいいものね」

「でしょ？　作業部屋と私室は分けるべきよ」

イーディスは最後のサンドイッチを口に放り込んだ。もぐもぐ、ごくんとやって、勢いよく立ち上がる。

「そうと決まれば、旦那様やメイド長や、いろーんな人に話を通さないといけないわ！　よし、やるわよ！」

「おー！」

アニーはぽかんと二人を眺めた。デアンがけらけらと笑いながら、「ほら、そういうところがキリエさんにそっくり」と言い――アニーに思い切り足を踏まれた。

2

「いいだろう」

ヴィンセントは意外にもすんなりと承諾してくれた。

「母上の部屋が空いている。好きに使うと良い。ただ、僕も部屋の中に何が入っているかまでは見ていないから、何かあったらトーマスかキリエに言ってくれ」

「ちょっとした改装を行いたいのですが、いつでも構いませんか？　来客のご予定などはおありですか？」

「そうだな、しばらく商談は無いと思う、が、できるだけ早いと助かるな」

「承知いたしました」

——やった、お嬢様の作業部屋ができる！

内心飛び上がって喜んでいると、ヴィンセントが去ろうとするイーディスを呼び止めた。

「……ところで、イーディス」

「はい、なんでございましょう？」

ヴィンセントはまじまじとイーディスの顔を見つめた。

「最近、何か変えたか？」

「へ？」

イーディスは何度も瞬《まばた》きをした。

「何か、といいますと」

「髪型や、服や装飾品なんかを……いや、なんでもない。気のせいだ」

ヴィンセントは口元を覆った。

「お前が何か変わったような気がして、ただそれだけだ」

「何も変えておりませんが……」

「わ、忘れてくれ。気のせいだった」

イーディスは「かしこまりました」と告げて退室してから、ひとしきり首を傾《かし》げた。いつもと変わらない、メイド服の装備を見下ろしたり、髪の毛をぺたぺた触ってみたが、よくわからなかった。

「まあ、いいか……」


ちなみに。作業部屋についてグレイスにはまだちゃんと伝えていない。

グレイスは、今日は一日部屋に籠《こも》って、「ショッパー」のデザインを三件も片付けなければいけない、と嘆いていた。

そう、今日こそがチャンスだ。メイド長にもあらかじめ話を通したし、たった今旦那様《ヴィンセント》にも話した。屋敷を管理する執事トーマスにも許可を取ってある。あとは、行動するのみだ。

——サプライズ！

イーディスは拳《こぶし》を握りしめて一人頷くと、今日の作業員……もといヘルプに集まってくれたメイドたちを眺めた。

「よろしくシエラ、メアリー、ジェーン！」

「がんばるぞー！」

シエラのみが大きな返事をした。あとの二人のメイドは今から何をさせられるのかと怯《おび》えているみたいに見えた。何を隠そう、仕事を振り分けたのはあのメイド長だ。最近スパルタのメイド長を、彼女たちは警戒しているらしい。

「そんなに怯えないでよ。力仕事、慣れたでしょう？」

「でもここ、開かずの間だわ」とメアリーが言う。ジェーンなどはいつもの威勢を失って、メアリーの腕にしがみついている。

「ジェーンは虫が大嫌いなのよ」とメアリーが言う。「この前開かずの物置を掃除したから、私たちもう虫はこりごり」

「大丈夫よ」とイーディスは言った。「私とシエラは平気だから、出たら呼んでちょうだい」

「大丈夫じゃないわよ、出てる時点で大丈夫じゃないわよー！」

ジェーンは半泣きで叫んだ。

しかし、やると決めたらやるしかないイーディスは、トーマスから借りた鍵《かぎ》を使って大奥様の部屋を開けた。

埃《ほこり》っぽく、かび臭いにおいが真っ先に鼻をつく。イーディスは埃だらけのカーテンを開けて、あちこちに張られた蜘蛛の巣をはたきで取り払って、窓を全開にする。

「きゃあーッ‼」

ジェーンの悲鳴が響く。

「なんかいた、なんかいた、なんかいたわよお！　メアリィ！」

「落ち着きなさい、落ち着いて、おちっ」

だんっ‼

シエラが足を踏み鳴らす。

「二人とも落ち着いて」シエラが靴の下を見た。「大丈夫だよ、仕留めた」

「しとめたぁ⁉」

二重の悲鳴を背後に聞きながら、イーディスは考え込んでいた。

――本棚は空っぽ。たぶん中身は今、図書室にあるんだろうな。机はこのまま使わせていただいて、ベッドと、古いカーペットと、雑貨類と……。

「ねえメアリー。外の倉庫ってこの前整理したのよね？　場所は空いている？」

「ちゃんとやったから空いてるはずよ」

青い顔のメアリーがイーディスの隣に並ぶ。「で、何をしたいの、謎道具マニア……じゃなくて、イーディス」

――新しい渾名《あだな》ってそれ⁉

思わず脳内で突っ込みを入れてしまう。なんだその間抜けな響きは。「金皿十枚」の方がまだましだ。

「……ええと、まずこの部屋を、あの机を除いてすっからかんにします。そのあと、古いシーツの綺麗《きれい》なものを見繕って、床と壁を覆うの」

「なるほどね。それでお嬢様のアトリエってわけ」

話が早い。イーディスは頷《うなず》いて、家具類を指し示した。

「ね、これ全部、外の倉庫に入るかしら」

「余裕よ。男手が欲しいけど……もう旦那《だんな》様のボーイはいないんだものね」

「ええ、私たちだけでやるの」

メアリーは大きな大きなため息をついた。イーディスはその丸まった背中に気合を入れた。

「きゃっ」

「やるしかないのよ、メアリー。私っていつもそうなの」

「い、いいのか、い、いいのか、」

イーディスは腕まくりをした。カビ、埃、虫、エトセトラ。やってやろうじゃないか。お嬢様のアトリエのために。

「ハウスメイドとして腕が鳴るわね、そう思わない？」

こうして作業が始まった。ジェーンとメアリーが倉庫までものを運び、虫など彼女たちが苦手なものは全てイーディスとシエラが請け負うことにした。二人がかりで綺麗に磨いた家具を、二人がかりで運ぶ。四人体制だ。

「みんながいてくれて本当によかった。一人じゃ一日で終わらなかったわ」

「そりゃそうだよ、こんな大掛かりなこと、イーディス一人じゃつぶれちゃう」

シエラがベッドサイドのデスク上を拭《ふ》き上げながら言った。イーディスはその下の引き出しの中身を確認する。大奥様の部屋は、大奥様が亡くなった十年前にあらかた整理されていたらしい。ほとんど私物が出てこなかった。イーディスはそのことに感謝しつつ、濡《ぬ》れ雑巾《ぞうきん》で中を拭き上げて――「あれっ」と声を上げた。

「どうしたの？」

「上げ底だ、これ。だって高さが合わないもの」

そのうえ、木製の引き出しの底は、どういうわけかカタカタとわずかに滑るようになっている。これは蓋《ふた》だろうか。イーディスは雑巾を放り出して、指を這《は》わせた。

「これが、こう？　かな？」

かたん。音がして、底が外れた。

蓋らしい板を取り払うと――中に、大量の書簡らしい文書が詰まっていた。

書かれている数字は日付を表しているんだろうか、だとしたら十一年前で止まっている。イーディスは数字こそ読めるけれど、読み書きがてんで駄目なので、その内容までは把握できなかったが

——勉強のできるシエラがぱっとそれを見た瞬間、即座にこう言った。

「……旦那様にお見せするべきだと思う。すぐに」

「すぐに？」

「うん、すぐに」

「トーマスやメイド長をすっとばして？」

「うん。早い方がいい」

シエラがこんな風に断言するのは珍しい。イーディスは何かを感じ取って、頷いた。

「今日は一日執務室にいらっしゃるんだよね。私、行ってくるわ」

「あとは私たちに任せてよ。掃除だけはきっちりやっておくからね」

「ありがと、シエラ」

イーディスは上げ底の引き出しをそのまま抜き出すと、えっちらおっちらとそれを抱えて社長執務室に向かった。


「失礼いたします、旦那様」

埃まみれのイーディスが部屋のドアを開けると、書類から顔を上げたヴィンセントが目を丸くした。

「どうした？　なにかあったのか？」

「大奥様の部屋からこんなものが出て参りまして」

「ほう？」

「シエラが『すぐにお見せした方がいい』と。ですから、すぐに持って参りました」

ヴィンセントはイーディスの抱えた引き出しの箱から一つ書簡を取り上げた。筆記体らしい、達筆を青い瞳《ひとみ》がすごい速さで追いかけていく。整った美貌《びぼう》の顔が、だんだん強張っていく……。

「っ⁉　クレセント社？」

「え？」

「……なんてことだ」

「な、なんですか、どうされたんですか」

ヴィンセントが膝《ひざ》からがくんと崩れ落ちた。その美しい顔面は蒼白《そうはく》で、唇はぶるぶる震えていた。

「旦那様⁉　ど、どうなさったんですか？」

「借金が増えた……母上、なんてことを……！」

「えっ……、えっ？　ええっ？」

「――いや、増えたんじゃない。僕ら﹅が、知らなかっただけか……」

ヴィンセントは俯《うつむ》いたまま、カーペットの模様を眺めるみたいな恰好《かっこう》で、低くささやいた。

「グレイスフィールを呼んでくれ。話をしなければならない」

イーディスは混乱しながら頷いた。

「は、はい、ただいまお呼びします」

ひょっとして、イーディスは大変なものを見つけてしまったのだろうか？

「その箱は置いていってくれ。……とにかく、二人で話がしたい。いや、しなければならない……」

ヴィンセントの背中は小さく見えたが、命じられれば、素直に従うほかない。

「かしこまりました。今すぐに」


――『借金が増えた』？　オルタンツィア社の、ということ？


イーディスはグレイスを執務室まで送り届けたあと、すぐにアトリエ予定地に引き返した。

シエラはイーディスの構想通りにアトリエの準備を進めてくれている。虫も埃もカビも全て取り去り、残すのはカーペットのみだ。カーペットを運び出す二人組を見送って、シエラはイーディスを振り返った。

「やっぱりすぐに見せた方が良かったんだね？」

「ええ。でもなんで、大奥様が借金を？　しかも上げ底の引き出しに隠してまで……」

「クレセント社、って書いてあった。高級時計会社の、あのクレセント社のことかな……」

シエラが考え込むように言う。

「でも大奥様のことは、メイド長かアニーくらいしか知らないし……」

クレセント社といえば、前にグレイスが投げて壊してしまった……のをイーディスが拾った、あの目覚まし時計もクレセント社製だったような。

イーディスはアトリエの作業を途中にし、メアリーとジェーンに解散を告げた。そして自室に戻って、あれからずっと取っておいてあった壊れた目覚まし時計の裏を見た。

「く、れ、せん、……と？」

——あー。やっぱり。

イーディスは目覚まし時計を抱えて、すぐに厨房《ちゅうぼう》に向かった。


「なんだ金皿十枚、なんか用か」

料理長《コック》がイーディスの前に立ちはだかった。ここは通さんと言わんばかりだ。それもそのはず、もう夕食の仕込みどころか調理が始まっているのだから、「金皿十枚」は出入り禁止なのだ。

「そのう、アニーを……」

「そういえばイーディスさんは晴れて金皿五枚になりましたよ」

デアンが口を挟んできたが、そういう問題ではない。

「デアン、アニーは？」

「布巾《ふきん》の消毒と洗濯をしてます。ちょっと今は外せないですね。イーディスさんが呼んでましたって伝えておきましょうか？」

手を香草まみれにしたデアンが言うので、イーディスはちょっと迷ってから頷いた。

「うん、お願い」

厨房から引き返してくると、廊下の掃除のチェックをしているメイド長と遭遇した。イーディスは軽く頭を下げたが……。

「……お待ち、イーディス」

メイド長は廊下の隅《すみ》の方にイーディスを呼びつけた。イーディスが面倒なことになったかもしれない、と内心頭を抱えていると、メイド長は険しい顔つきで、

「大奥様の部屋で、……クレセント社からの書簡を見つけたと旦那様からお聞きしたわ、イーディス。いったいどこから？」

クレセント社。イーディスは後ろ手に抱えた目覚まし時計を握りしめた。

「あ、ああ……ベッド脇の収納の、三段目の引き出しにございました」

「ああ、ちゃんと見たはずなのに」メイド長は深々とため息をついた。「気づかなかったわ、私の落ち度ね」

なるほど、あの部屋を片付けたのはメイド長だったらしい。

イーディスは首を横に振った。

「いえ、メイド長。三段目の引き出しは上げ底になっておりました。隠されていたのです」

「そうだったの？」

「ええ、中を掃除して運び出そうという時に、たまたま上げ底を発見したのです。開けたら、あのようなものが。シエラがすぐに旦那様に見せるようにと言ったので、すぐお見せしました」

「なるほど……なるほどね……」

そうしているうちに厨房からアニーが飛び出してきて、イーディスとメイド長を見つけるや、こちらへ走り寄ってきた。

「なに、なにがあったの？　イーディス、何を失敗したっていうの？」

「何も失敗はしてないわ、アニー。でも」

イーディスはメイド長の白い横顔を見た。

「私、とんでもないものを見つけちゃったみたい」


メイド長によれば、大奥様には「クレセントの叔父さん」と呼ばれる人がいたのだという。

「いつも、『クレセントの叔父さんが』って仰《おつしや》っていたわ。何かにつけて、旦那様とお嬢様に贈り物をくださる人がいたの。ケーキだとかお菓子だとか。大奥様はそうしたものの余ったものを、私共にも分けてくださった」

「あのお菓子のことは覚えてるわ。大奥様の叔父さんの贈り物だったのね……？」

アニーが目を細める。「どうりでおいしいお菓子だったわけだわ」

「でも、叔父さんと呼んでいるからといって、大奥様の叔父というわけではなかったのよ、アニー」

メイド長が付け足した。

「奥様の遠縁も遠縁で、けれどこちらに嫁いでいらした奥様が、兄のように慕われていた方だったとお聞きしています。……それ以上は、私にもわからないわ」

「その方が、奥様のお手紙のお相手なんですね」

イーディスは隠し持っていた目覚まし時計を取り出した。もともとお嬢様のものだった目覚まし時計は、長針が外れてしまってから動かない。

「ひょっとしてこの時計もクレセント社のものでしょうか。壊れております。でもお嬢様の持ち物ですから、捨ててしまうことができなくて、今の今まで持っておりました」

「……ああ、そう、その通りよ」

メイド長は時計をイーディスから受け取った。

「これは間違いなく『クレセントの叔父さん』がくださったものだと思うわ。あの方は毎年、旦那《だんな》様やお嬢様の誕生日になると、自社の時計を贈ってくるものでした。毎年くださるのだけど、一部屋に一台もあれば十分だから、使用人に下げ渡すことも多かったのよ。私も旦那様からいただいた古いものを持っているわ」

「大旦那様と大奥様とが汽車の事故で亡くなってから、その贈り物は途絶えた……」

アニーが呟《つぶや》いた。メイド長は重々しく頷《うなず》いた。

「……私たちは、旦那様とお嬢様の御心を尊重するだけです」

「はい」イーディスとアニーは声を揃えた。

「大奥様の……誰も知らなかったクレセント社への借金は、近く屋敷を揺るがすことでしょう。私たちにできるのは、普段通りお屋敷を回すことだけです」

「はい」

その通りだ。使用人まで沈んでいてどうする。イーディスはメイド長から時計を受け取り、抱きしめた。

夕食の席、ヴィンセントは全く夕食に手を付けなかった。付けられない、という方が正しいかもしれない。

「お兄様、少しでもお召し上がりになって」

グレイスがそう促すが、ヴィンセントはナイフもフォークも動かせず、目の前に用意された食事を拒絶するみたいに立ち上がった。

「すまない、グレイス。先に戻っている」

――食欲がなくていらっしゃるんだ、でも、食べないと……！

残された令嬢は気づかわしげに向かいの手つかずの食事を見ながら、それでも自分だけはこれを味わわないといけないと、機械的にスプーンを口元に運び続けていた。


イーディスはその場をそっと離れ、厨房に走る。

「デアン！　料理長！」

「なんだ？　金皿十枚、今度は――」

待ち構えていた料理長を遮って、イーディスは声を張った。

「旦那様が……諸事情あって、夕食をお召し上がりになりませんでした」

「な、なんだって⁉　いったい旦那様に何が……」

あまりのことに料理長がコック帽を脱いだ。

「その……お召し上がりになれなかった、と言った方が正しいかと。夕食に手を付けていません」

「一口も⁉」

「そうです」

「なんてこった……」

がっくりと落胆する料理長へ、イーディスは身振り手振りを交えて説明をした。

「精神的に参っていらっしゃるようなのです。いまは食欲がなくて……」

休憩用の丸椅子に座っていたデアンが立ち上がって、イーディスをじっと見る。

「それでですね、旦那様は毎日同じ時間にお食事をなさっておいでですから、夜になればきっとお腹《なか》が空《す》くと思うんです。なので、気まぐれサンドイッチよりちょっと豪華な、軽食を用意しておいてほしいのです。全く手を付けていらっしゃらないので、ご夕食をリメイクしたものでも構いません。それを、お夜食としてお出しします」

ヴィンセントが倒れてしまっては元も子もない。オルタンツィア社のかなめ、製紙事業を回しているのは彼だ。前も倒れて大変なことになったのだから、二度と繰り返させない。

「頃合いを見て私が旦那様にご案内するので、その時までに用意をお願いしてもよろしいですか」

「……わかりました、やりましょう。夜食ですね」

頷いたのはデアンだった。

「料理長は最近朝も夜も早いですから先に寝ていてください」

「ああ、俺は夜ふかしが厳しいからありがてえが……大丈夫なのか、デアン。任せても」

「ええ、もちろんです。なんて言ったって、僕は料理長の愛弟子ですから、ね？」

「自分で言うな！　この！」

料理長がデアンを小突いた。イーディスはほっとして、小さく頭を下げた。

「ありがとう、デアン。とっても助かるわ」

自分でも、こういう性分なのだと思う。

何かと放っておけないし、何かと動かずにはいられない。今の自分を放り出して、相手の所に走って行ってしまう。誰かに、力添えすることを惜しみたくない。

できることを、やりたい。

——旦那様は……ああ見えてメンタルがあまり強くない。だから心が体に影響を及ぼすことが多い……。

イーディスはつかつかと廊下を歩きながらぐるぐる考える。

——私の立場から旦那様に何かして差し上げることができるのはこれだけ。

イーディスにとって、旦那様は主人であり、お仕えするお嬢様《グレイスフィール》の兄君である。

——ヴィンセント様の憂いは、お嬢様の憂いになる……。だから……。


その晩、グレイスは絵も描かずにぼうっと横たわっていた。そばに控えているイーディスに何を命じるでもなく、ただベッドに横になり、抱き枕を抱いていた。

憂い顔も美しいが、あまり見たいものではない。イーディスは、グレイスに笑っていてほしい。

「……お嬢様、わたくし、そろそろ下がりましょうか――」

少々早いですが、と言いかけたところへ、グレイスが被《かぶ》せ気味に言う。

「いいえ、ここにいて」

「かしこまりました」

イーディスがまた壁際に控えようとすると、グレイスはゆっくり繊手《せんしゅ》を持ち上げ、ひらひらと手招きをした。

「こっち、きて。ベッドに座って」

「はい、お嬢様」

言われた通り、ひとこと声をかけて令嬢のベッドの端に腰かける。イーディスが用意したふかふかのベッドが、ふんわりとイーディスを支えた。めまいがしそうなくらいふかふかだ。

――ああー、高い感触がするぅ……。

「私とあなたの仲じゃない。そう畏《かしこ》まらないで。もっとこっちに寄って」

グレイスは小さな声で続けた。「……手を繋《つな》いで」

イーディスのあかぎれだらけの手を、しっとりとした白魚のような指が包む。

「……この会社を、一代で築き上げたお父様は素晴らしいと思っていたの。わたくし……私、このオルタンツィアって家が、自分のお城だと思っていたみたいなの。それがよくわかった」

銀糸のような髪の毛がするりとリネンの上を滑る。

「でも、違った。お父様もお母様も必死だった。お城じゃなかった。そうじゃなくて、はりぼて。

考えればわかることなのにね、白鳥だってあんなに綺麗《きれい》だけど、水面の下じゃバタ足よ……もっと早くに、気づけば良かったのよ」

気づけばグレイスは青い瞳《ひとみ》に涙を溜《た》めていた。

「落ち込んでる場合じゃないのに」

「お嬢様」イーディスは令嬢の手を握り返した。

「私たち、全身全霊で旦那様とお嬢様を支えます。私だけではなく、メイド長も。他のハウスメイドたちも……同じ気持ちですよ」

「ありがとう」

グレイスはぱちりと瞬《まばた》きをした。一筋涙がこぼれていった。イーディスはハンカチを取り出して、それを拭《ぬぐ》った。

グレイスがそのまま寝付いてから、イーディスは令嬢の部屋を出て、まだ明かりが点《つ》いている執務室の扉を叩《たた》いた。ヴィンセントの低い声が応えるのを確認し、ドアを開ける。

「イーディスです。旦那様、お夜食の準備がございますが、お召し上がりになりませんか？」

あまり顔色の良くない主人《あるじ》は、広げた書簡から顔を上げた。机の上には、イーディスが発見した大奥様の書簡がいっぱいに敷き詰められている。

「……ああ、」

「何かお召し上がりになってください。お体を壊してしまいます」

イーディスははっきりと告げた。

「何事もお体が資本でございます。厨房《ちゅうぼう》でお夜食をご用意しておりますので、……どうかお召し上がりになってください」

「……そうだな、いただこう」

「ただいま、お持ちします」


その足で走って厨房に行くと、ちょうどデアンが顔を覗《のぞ》かせていた。

「今できたところですよ。おいしいうちに持っていってください」

「何を作ったの？」

「揚げ魚のハンバーガーです。あと、玉ねぎの揚げたものを」

イーディスはあんぐり口を開けた。

——まさかのフィッシュバーガーとオニオンフライ⁉

そのメニューのセレクトも驚きだが、そもそも「ハンバーガー」はイーディスが昨年の冬にオルタンツィア家に持ち込んだばかりの、この世界になかった、全く「新しい料理」なのだ。

——しかも、新メニュー‼

「タルタルソースと夕食の揚げ魚を合わせまして、これだと少し重めなので刻んだキャベツを添えています。あ、お飲み物は紅茶を避けて、安眠に効果があるハーブのお茶にしてます」

——デアンって……。

イーディスはデアンの顔をまじまじと見つめてしまった。ひょっとしてこの男も日本とかアメリカとかから転生してきた『流星の子』なんじゃないだろうか？

「ねえデアン……」

ひょっとして東京《TOKYO》って知ってる？　と言いかけた時、デアンが頬を掻《か》いた。

「イーディスさん、前から思ってたんですけど。やっぱり僕のこと好きなんですか？」

「いや、ないわ」

二重の意味を込めて、イーディスは突っ込んだ。

「ないわ。気のせいよ、デアン」

イーディスはヴィンセントに盆を届けたあと、デアンに話の続きをしに厨房へと戻った。

洗い場にはまだ少量の皿やカトラリーが残っている。デアンは細い明かりを点けて、何事かノートに書きつけていた。

デアンもなんだかんだで、教育を受けているから、読み書きもできるし頭も良いのだ。

——字が読めたらなぁ。

イーディスはデアンの手元を覗き込む。

「ねえ、何を書いてるの？」

「まあ、最近のグレイスフィールお嬢様と同じようなことをしているだけです。これは僕のレシピ帳。失敗も成功も全部載ってます」

鳶色《とびいろ》の瞳がイーディスを振り返る。

「挑戦しなきゃ何も始まらないじゃないですか。上達も、発展も、挑戦の繰り返しですよ」

デアンはノートを見せてくれた。丸がついているページと、バツがついているページとに分かれている。

「この消されたレシピは失敗作です。──これはハンバーガーの要領で甘いものを作れないかと試した結果なんですが」

「ちなみに何を挟んだの?」

「苺《いちご》と葡萄《ぶどう》とケーキクリームです。でも食べてみたら、パンがぱさぱさであまりおいしくない」

デアンはおどけたように肩を竦《すく》めた。

「でも中身の組み合わせは悪くなかったので、ほら、丸をつけているんですよ」

──ひょっとしてデアンは、ほんとのほんとに新メニューとしてアレを作ったのか……。

「ほら、このメニューが今日のお夜食です」

イーディスの内心を盗聴でもしたみたいに、デアンがページを捲《めく》った。大きな丸がレシピをかこっている。

「デザートが駄目なら、何なら挟めるかと。そう思って魚を挟むことにしたんですが、揚げたものが一番合いました。料理長も認めてくれた味でしたので、試しに旦那《だん な》様にもお出ししてみたんです」

「試しにって、デアン……」

「おいしいと言わせる自信がありますよ、なんたって、僕は料理長の愛弟子ですからね」

デアンは笑った。へらへらしているのに、不思議と頼りがいのある料理人に見える。

イーディスは腰に手を当てて、ふうとため息をついた。悔しいが……。

「チャレンジャー《CHALLENGER》ね。今のデアン、すごくかっこいいわ」

——デアンのくせに。

「え？　ちゃれんじゃ？」

「モンテナ語で挑戦者って意味」

かっこいい、に付け込む隙を与えず、イーディスは踵《きびす》を返した。

「下げたお皿は私が洗うから、デアンは階段下《ベロウステア》に下がってても大丈夫よ」

「あ、ありがとうございます。イーディスさん、時間には間に合うんですか？」

「ちゃんと言ってあるわ。遅くなるので最後に閉めてくださいって」

「締め出されないようにしてくださいね」

「もちろん」


デアンが去った後、イーディスは皿とカトラリーの洗浄を始めた。

——あーしみるしみるしみるーっ！

現在、レスティアで流通している「洗剤」と呼ばれる化学薬品は傷にひどく沁《し》みる、そのうえ肌にも悪いので新しいあかぎれを作るという、地獄のサイクルを生み出す代物だ。あかぎれが治りきる前に新しいあかぎれができ、……その繰り返しだ。イーディスは内心で悲鳴を上げた。

――でも、アニーやエミリーなんかもっと酷いのよね。こんなので音を上げていられない……！

イーディスは意を決して再び洗《あら》い桶《おけ》に手を突っ込んだ。沁みる！

「あいたたた！」

イーディスが大きな声を出してしまったその時である。

「どうした？」

「うわーッ⁉」

この屋敷の主人の声と姿を感知したイーディスはさらにデカい声を上げてしまった。しまったと口を押さえてヴィンセントを見れば、盆の上に空の皿を載せて立っている。――イーディスはさらに慌てた。

「だ、旦那様。恐れ入ります！　部屋の前に出しておいていただければ回収いたしましたのに！」

「いや、これを作った料理長に礼を言いたくてな。見た時は驚いたが、美味だった。食欲なんてなかったのに、気づいたら全部食べてしまっていた」

「ああ、今日の夜食を作ったのはデアンですよ。デアンが自分で考案したものだそうです」

イーディスはデアンの横顔を思い浮かべながら続けた。「ついさっき、休みました」

「そうだったのか。明日の朝にでも礼を言わなければ」

「お気に召しましたか。良かった」

ヴィンセントは皿と盆を置くと、イーディスの横に立ってその仕事ぶりを観察するように視線を落とした。

――うーん、めっちゃくちゃ視線を感じる……。

「……お前に食べろと言われて食べたが、意外と腹に入っていくものだな」

「お疲れですから、当然のことです。何も食べなければ、余計に気分が落ちると思いまして」

「さすがだ、イーディス。キリエでさえ気づかないことなのに」

「ありがたいお言葉です。ですがメイド長も、旦那様のことを気にかけておりますよ」

イーディスは緊張の中で答える。やはり屋敷の中で一番偉いひと、となると、人となりを知っていたとしても緊張するものだ。

――うう……店舗長に接客態度を観察されてる時と同じ気分……。

「何より、おきゃ……違った、旦那様のお体が一番大事ですから」

「なんだって？」

「なんでもございませんッ！」

イーディスは勢いよく返事をして、泡だらけの手をざっと持ち上げた。あかぎれの、真っ赤になった手があらわになる――。

その時、ヴィンセントの手が伸びた。

イーディスの手首をつかみ、その手のひらを凝視する。

「この傷は」

「あ、ああ、ただのあかぎれでございます、旦那様」

「ただの、とは言うが。これじゃずたずたじゃないか」

「他のハウスメイドもこんなものでございますよ、旦那様」

ヴィンセントはしかしイーディスの手を放さない。静かな声が問う。

「ちゃんとした薬は、あるんだろうな」

それはおそらくイーディスの懐事情を知っての発言だろう。

「あ――、あります、ございます、……」

イーディスはずっとずっと前に、エミリーに軟膏《なんこう》を譲ってしまったことを思い出した。目が泳ぐ。

「本当に？」ヴィンセントの視線が異様に厳しい。

「もちろんでございます。メイドたち全員でシェア、じゃなかった、共有しておりますので、問題ございません」

「本当なんだな？」

ヴィンセントはなおも言い募った。イーディスは、なぜこんなに薬の有無について詰められているかがわからない。

「は、はい……」

イーディスは小さくなり、俯《うつむ》いてから、上目遣いにヴィンセントを見上げた。

「あの、旦那様？」

「イーディス」

ヴィンセントの大きな手は、イーディスの細い手首を掴《つか》んだままだ。

――え、なんで??

イーディスは以前のこと――ヴィンセントの私室で何が起こったかを思い出したが――ヴィンセントはどうも、何か深く考え込んでいるようなのだ。振り払うわけにもいかないし……それこそ不敬にあたる。

――いやでも、この状況はちょっとなんか……。

緊張する。泳ぎ回る視線をヴィンセントに向けると、彼は真《ま》っ直《す》ぐイーディスを見下ろしていて。涼しい瞳《ひとみ》が、えもいわれぬ何かに満ちているのを見た時、イーディスは胸を衝《つ》かれるような気持ちがして。

「だ……」

だんなさま、と発言しようとする舌がうまく回らずに絡まる。ヴィンセントはゆっくりとイーディスの顎《あご》を掴み、そのまま掬《すく》い上げた。

目が、逸らせない。

――ヤバ……い、かも。

その時である。

「イーディスさん、僕のレシピ帳見ませんでしたｋ……」

綺麗《きれい》なＫの子音を残して、デアンの声が途切れた。遅れて厨房《ちゆうぼう》の明かりが灯《とも》り、驚愕《きようがく》か何か良くわからない、要するに見たこともない表情を浮かべたデアンが変なポーズで硬直していた。

イーディスを縛っていた何かがふっと緩む。同時にヴィンセントも手首を放してくれた。

「ああ、……デアンか」

ヴィンセントが何事も無かったかのように返す。

「夜食をありがとう。おいしかった」

「そ、それは……ありがたき、あの、旦那様、イーディスさん、その、僕は何も見ていませんから」

デアンはバグってしまった。

「デアン、違うの、何もないの！　あのね、これは……」

イーディスは弁明しようとするが、デアンはもう何も聞いてくれない。

「失礼しました！　お邪魔しました！　おやすみなさい！」

「デアンちょっと待ってええええ！」

イーディスの叫びは届かず、デアンは自分の忘れ物をすばやく回収すると、風のように去ってしまった。

――いや、別の意味でヤバい。噂になんてなったら……！

冷や汗だらだらのイーディスをよそに、別人のように静かになったヴィンセントは、イーディスを見下ろした。

「お前も早く休むといい」

「はい、おきゃくさま……」

言い間違えた。しかし、小声だったからか特に突っ込まれることもなく。

暗い厨房に焦るイーディス一人。全部しっちゃかめっちゃかだ。

3

しかし、ヴィンセントとイーディスの噂は特に広まることなく、三日が経過した。こういった色恋事は一日もあればメイド全員の耳に入ってくるものだが——だからシエラがデアンのことを好きなのもメイドたち周知の事実である——そんなことは全くない。

——とはいえ。

言わないだけで全員知っているという可能性もあるわけだから、振る舞いには気を付けなければならない。主人とメイドの間に何かあってはならないからだ。決して。

少なくともイーディスはそう思っている。旦那様に汚名を着せるわけにはいかない。ヴィンセントは、メイドに手を出すような男性ではない……はずだ。

——常に見られていると思って行動した方がいいわね。

イーディスはグレイスに借りた訪問着を着て、姿を鏡に映しながら、粗相がないかを確認した。

「よし」

階段下《ベロウステア》から上がってくると、待ち構えていたグレイスが腰に手を当てている。

「遅い！　イーディス」

「こら、まだ時間に余裕はあるだろう。そんなに言うんじゃない」

ヴィンセントが急《せ》かす妹をなだめる。グレイスはきっと兄を見た。

「そんなことないわ。イーディスはね、いつもは予定の十分前には行動しているのよ。それが今日は遅かったの」

「申し訳ありません、身だしなみのチェックに時間を掛けておりました」

「そのチェックは私とやればいいじゃないの！」

グレイスの怒りどころはわからない。イーディスの髪の毛から手袋の指先、そして訪問着の裾《すそ》からつま先まで、くまなく目を配ったグレイスは、よし、と頷《うなず》いた。

「どこから見ても淑女。ハウスメイドには見えないわ」

これから向かうくだんのクレセント家に、イーディスは『御付き』として随行することになる。

——大丈夫かな……。

「そこに居てくれるだけでいいからお願いお願い」とグレイスに三日三晩懇願されての随行だ。このお嬢様に泣きつかれると困るイーディスであるが、さすがに今回の「仕事」は気が重い。

——救貧院育ちの無学なメイドってバレなきゃいいけど……。

グレイスもヴィンセントもその心配は全くしていないようなのだが、実のところイーディスには前世知識はあっても学はない。

計算は前世のそれでカバーできるけれど、読み書きはさっぱりだ。この前ようやく自分の名を間違えずに書けるようになったばかり。文法は全然。このレスティアでは、日本語ができてもしょうがない。もちろん社会構造が違うから、歴史なんか全く関係ない。

――シエラとか三人娘みたいに学校に通えていたら良かった……。

十三歳を機に身一つで世界に放り出されたイーディスには機会がなかった。コンプレックスだ。そこを突かれると弱いし、イーディスが勤勉に働けば働くほど、その「無学」が足を引っ張る。

イーディスはやっぱり、ある意味で「ポンコツメイド」なのだ。

――ええい、ないものはない！　あるものはある！　英語《モンテナ語》はわかるし読める！

過去の経験――イギリス留学二年、ホテル勤務ン年、外国人観光客へのおもてなし歴五年。イーディスは「あるもの」で何とかすることにする。

――なんたって！　なんたって、一番不安なのは旦那《だんな》様とお嬢様よ、無関係の私までへこんでどうする！　私はポンコツのイーディスだぞ！　元気と笑顔と勢いだけが取り柄！

押忍《おす》、と拳《こぶし》を引いて気合を入れているイーディスを、ヴィンセントが不思議そうな顔で見ている。

トーマスの運転する車の中に乗り込んだあとも、兄妹の会話はまばらで、緊張ばかりが狭い車の中に満ち満ちていた。イーディスは黙ったまま、令嬢の部屋で行った作戦会議について思い返している。


「クレセント社についての情報はないわ。原作にはありません。原作者からは以上よ」

この世界の原作者ことグレイスフィールは眉間《みけん》にしわを寄せて、銀髪をぐしゃぐしゃとかき回す。

「だから今回はお兄様にそれとなく聞くしかない。『クレセントの叔父さん』なんて私の記憶には無いわよ、何歳だと思ってるのよ、その時私、生まれたばっかりよ」

「それは確かに……」

「だから、イーディス、お願いお願いお願い！　わたくし平静に振る舞う自信がないわ！」

だからまず、自然な流れでヴィンセントから「クレセントの叔父さん」のことを聞かなければならない。緊張で何もかもがうまくいっていないグレイスの代わりに。

「旦那様。旦那様にとっての『クレセントの叔父さん』という方はどのような方でしたか」

ヴィンセントは助手席から鏡越しにイーディスをちらりと見た。

「……本当の叔父のような方だ」

遠い昔を懐かしむように、青い瞳が細められる。

「グレイスはまだ小さくて覚えていないだろうが、僕は彼が来るのを待ちわびていた。娘が一人、その弟が一人。……クラウディア嬢は、今もお元気だろうか」

「クラウディア嬢？」

グレイスがオウム返しに尋ねる。

「僕より年少の可憐《かれん》な……そう、可憐な女の子だ。負けず嫌いで気が強くて……なにかと勝負をしては、いつも僕が泣かされるほうだった」

「お兄様が？」

ヴィンセントは頷いた。

「ああ、とにかく気が強くて。僕より四つも下なのに、今のグレイスよりもわがままで……」

追憶の中にいるヴィンセントは遠い目をしてから、イーディスに視線を戻した。

「でも、なぜそんなことを聞くんだ、イーディス」

——あっ、しまった。

『御付き』とはいえ、メイドが出しゃばりすぎたかもしれない。

「……クレセント様がたが、旦那様やお嬢様にとってどんな方なのかをお尋ねしたかったのです」

まさか、グレイスとイーディスの情報収集の一環だとは言えない。隣を見れば、原作者は目を泳がせているし……。

「お屋敷に到着してからの振る舞いを考えておりました、詮索《せんさく》するような真似をして……」

申し訳ございません、と続けようとしたイーディスを、ヴィンセントが遮る。

「いい、僕も何となく尋ねただけだ。叱るつもりも咎《とが》めるつもりもない」

「失礼いたしました」

グレイスがイーディスのすぐ隣まで幅を寄せ、車の音に紛れてささやく。

「叔父さんと、クラウディア嬢と、弟が一人。情報が入ったわね」

「……お嬢様、これからですよ、しっかりなさってください」

イーディスは小さな声で念をおす。

「お嬢様にしか発言できないこともございます。私はメイドですので、身分の制限……デバフがかかっているんです。ここはお嬢様にしっかりしていただかないと……」

「わかってるわよお……」

グレイスがなんとも情けない声で返事をした。妹の小さな声を聞きつけたらしいヴィンセントが振り返る。

「どうした、グレイス」

「いえなんでもありませんわお兄さまっ！」

間髪容《い》れず、令嬢は声高に叫んだ。イーディスはちょっとだけ、ほんのちょっとだけ頭が痛くなった。

――大丈夫だろうか……。

そこへ、ヴィンセントが呟《つぶや》いた。

「なんとしても、この借金を何とかしなければ……父上と母上が遺してくれた会社を守らないと」

イーディスは驚いてヴィンセントを見た。助手席のヴィンセントはそれ以上何も言わなかった。

どうやら、独り言らしい。イーディスが何か言う前に、隣の令嬢が大きく頷いた。

「もちろんよ、お兄様。わたくしもそのつもりで戦います」

「……グレイス？　心でも読んだのか」

ヴィンセントは後部座席へ麗しい視線を寄越した。グレイスは眉《まゆ》を下げて笑った。

「全部口に出ておりましてよ、お兄様。……お兄様は、もう一人ではなくてよ」

「ああ、……そうだな」

イーディスは兄妹を見比べて、細い糸のような緊張の中で手を握り合わせる。

――大丈夫だと思いたい。何事もなく、終わればいいけど……。

長い移動の後、車を降りて真っ先に目に飛び込んできたクレセント邸の様相を見渡して、イーディスとグレイスは声を洩《も》らした。

「わっ」

「なんて……」

まず目に入る広々とした庭。広大な敷地の真ん中にそびえる建物の、気品あるたたずまい。小さな城のようですらある。いや、決して小さくはないのだが。

――お城って言われたら信じてしまうかもしれない。

「クレセント家は長く続いているからな。今の王家がレスティアを作る前から続いている。歴史のある家だ」

ヴィンセントが二人の絶句を引き継ぐ。「新しい建築ばかり見ていたから目新しいだろう」

グレイスが興奮気味にささやく。「王城みたい！　すごい！」

敷地にしてオルタンツィアの数倍。窓の数は四倍くらい。イーディスの頭がくるくる回る。

――メイド、何人いるんだろう。この広さだから少なくともオルタンツィアの倍は……待って、庭師は一人じゃ済まないわよね？　庭師何人？

イーディスの思考はそこで止まってしまった。もうそこから先へ動かない。

――掃除はどうやってるんだろう。

顎《あご》を落としているイーディスと、興奮して持参したスケッチブックに何か描きつけているグレイスを見て、ヴィンセントはため息をつく。

「お前たち、早く行くぞ。……先方がお待ちだ」

気を取り直して、正面玄関から入っていく。めまいがするほどつるつるの大理石は踏みしめることを躊躇《ためら》うほどだ。控えるメイドの姿はなく、ただ執事が二名ほど出てきて、優美なしぐさで客人たるオルタンツィア家一同を迎えた。

「約束しておりました、ヴィンセント・オルタンツィアです」

「存じております」恭しく執事が告げた。「ご案内いたします」

庭に面した長い廊下を行く。その庭——中庭が、サッカーでもできそうなくらい広いものだから、イーディスは気絶しそうになった。

——雑草の処理はどうしてるんだろう……この石の廊下も毎日磨かなきゃこうはならない、なんにしたって広すぎる、どういうこと、どうやって回っているの、この家！

以前のイーディスならきっとつま先立ちで歩いたに違いない。だがそんな振る舞いをするような『御付き』など恥でしかないから、イーディスは何とかヒールの靴を鳴らして歩いている、が……。

——靴の汚れをつけるのが申し訳ないくらい綺麗《きれい》で気が引ける……。

イーディスの頭の中には、もはや「申し訳ない」という気持ちしかなかった。

——全然、規模が違うんだもの……。

「おお、ヴィンセント！　大きくなって……！」

クレセント社長フィリップス氏はヴィンセントの姿を見るや、掛けていた椅子から立ち上がってヴィンセントに抱擁した。背の高いヴィンセントに縋《すが》りつくような格好になるが、ヴィンセントもまた背を丸めるようにしてそれを迎えた。

「叔父さん。これまでご無沙汰《ぶさた》しておりました。今日はその非礼を詫《わ》びに来たのです」

「何を詫びる必要がある、詫びねばならないのはこっちだ。エリスとランドルフ君が……あんなことになってしまったのに、お前たち二人を放っておいたのは私だ」

続けて、奥の席に座っていた人影がふわりと立ち上がった。

「ヴィンセント、お互い歳をとったわね」

「クラウディア」

ヴィンセントはその手の甲にキスをする。クラウディアは口に手を添えて「おほほ」と笑った。

「あなたと、手の甲にキスを贈ったり贈られたりするような関係になるとは思わなかったわ」

「僕もだ、クラウディア。……変わらないな」

「あら、あなたも変わらないわ」

明るい翠《みどり》色の瞳《ひとみ》に、長い金髪を縦巻きにして、肩甲骨のあたりまで伸ばしている。吊り目《つめ》がちで鼻が高く、唇がうすい。少しきついような印象を受けるが、美人だ。

隣でグレイスがかぼそい警報音のような音を発しているのに気づいたイーディスは、グレイスに

ちらと視線を送った。グレイスは「あらやだ」と我に返り、異音を止めて一歩前に進み出る。

「クレセントのおじさま。クラウディア様。お初にお目にかかります。グレイスフィールです」

クラウディアが眉を上げた。

「まあ、妹さん。あんなに小さかったのに。おいくつになったのかしら」

「次の英雄の季節で十七になりますわ」

「ああ、わたくしの五つ下なのね。――そちらの方は？」

イーディスに水が向けられる。グレイスが静かに答えた。

「わたくしの『御付き』でございます」

「ほう……」

クレセント氏が眉を上げげる。クラウディアは優美に手を椅子へと向けた。

「まず、お二人ともおかけになって。お菓子を持ってこさせるわ」

兄妹が用意されていた椅子に腰かける。イーディスは背筋を伸ばした。

――始まる。

この部屋の細部を見ないように努めつつ、気を引き締めるように手袋越しの手を握り合わせる。

ヴィンセントは率直に話を切り出した。母がしていた借金の返済をしたい。しかし、今はその余裕がない。しかしクレセント氏は首を縦には振らなかった。

「過ぎたことはもういいんだ、ヴィンセント。なにしろ、私が好きで、エリスに投資していたまで」

「ですが、叔父さん。それでは私の気が済みません」

出されたクッキーに手を付ける余裕もなさそうなグレイスが、そんな兄を心配そうに見つめている。

「今のオルタンツィア製紙があるのは、叔父さんのお陰ですから。……できる限り、お返ししたいと考えております。これはわが社の、いえ、僕のけじめに関わる問題であって」

「ヴィンセント、お父様がよいと仰《おつしや》るのですから、よいのよ」

クラウディアがまたおほほと笑った。

「お父様が心配ないと言えば、心配はないの。……ね、お父様」

「ああ、クラウディア。お前の言う通りだ」

——なんか、金銭感覚が違いすぎて話が噛《か》み合ってないんじゃないかな、これ。

「ですが、そういうわけにはいかない。叔父さん。額が額ではありませんか。これでは申し訳が立ちません」

食い下がるヴィンセントに、クレセント氏はたった今思いついたとばかりに手を打った。

「そうだ、そんなに気になるのなら、クラウディアの婿に来るのはどうだ」

グレイスががっくんと顎を落とした。一方、話題に出たクラウディアはにっこりと笑みを浮かべたままだ。

「く、クラウディアの婿に、ですか？　そうしたら……」

ヴィンセントはあんぐり口を開けている妹と、その「御付き」を見た。「オルタンツィア家は、会社は……どうなります」

イーディスはごくりと唾を呑《の》んだ。兄に縁談が持ち上がってしまったグレイスも心配だが、一番心配なのは、これからのオルタンツィア家や、会社はどうなってしまうのか、ということだ。

——日本だったら婚姻だけで済むけど、この世界はどうなんだろう……？　いや、ヴィンセント様の婚姻も大問題だけど……。

グレイスは、兄のことを家族として深く愛している。唯一の肉親として頼みにしているのだ。麗しい顔を驚愕《きょうがく》に染めたまま固まってしまったグレイスを案じつつ、イーディスは会話に耳を傾ける。

「なぁに、心配することはない。君はクラウディアが回す家の、クレセントの新しい主人《あるじ》として振る舞えばいいだけだ。製紙会社は……そうだな、うちの資本で動かせばいい。クレセントの名前にはならないが——」

「お待ちください、おじさま！」

グレイスが勢いよく立ち上がった。思わず、といったところなのだろう。淑女らしからぬ行動に、ヴィンセントが目を見開いた。

「グレイス！」

「オルタンツィアは製紙業だけではございません、加工業も行っております。わたくし、将来的な目標として『オルタンツィアブランド』を構想しておりますの」

「グレイス、落ち着きなさい」

兄が咎めるが、グレイスは首をぶんぶん横に振った。髪飾りが揺れるほど振った。

「だって、お兄様！　これから……オルタンツィア製紙はこれからなんですのよ。わたくしたちの力で立ち上がろうという時に——そんな、吸収合併だなんて」

そこへ、美しい声がかかる。

「『オルタンツィアブランド』。あなたのお描きになったショッパーや、噂の『ティシュ』のことですね」

唇に指をあてて、クラウディアは艶冶《えんや》に微笑《ほほえ》む。グレイスが凍り付いた。

最強の切り札を封じられたのだ。無理もない。

——知っているんだ、この人。私たちの事業のこと……！

「よく、ご存じで……」グレイスが震える声を抑えようとしているのがわかる。

「もちろん、存じ上げておりますわ。情報はこの世界で、武器であり命ですもの……これから市場は消費の世界に向かっていくのでしょうね。その波に、わたくしたちも乗らなければならないと思っていたところなのです。……ね、お父様」

「そうだな、クラウディア。その通りだ」

「おーっほっほっほ！」

——駄目だ、今の手札じゃ彼女には敵《かな》わない！

イーディスはクラウディアをじっと見たが、その視線が交わることはなかった。

クラウディアは優雅な所作で紅茶を飲むと、続ける。

「ご安心を。吸収合併したとしても、そのお名前は残すわ。これでどうかしら、グレイスフィールさん。安心でしょう？」

返す言葉を失った令嬢がよろけた。イーディスは椅子をそっと押して、彼女を受け止める。

――お嬢様……！

「わが社を吸収合併、……ですか」

「言ってしまえば、君たちは私の子供のようなものだからね」クレセント氏は兄妹を見比べ、苦い顔をしたヴィンセントをじっと見た。

「君たちが借金をとても気にしているのはわかった。ならば、こうしよう――我々は家族になろうじゃないか。なあ、ヴィンセント。実を言うとね、私はクラウディアの貰《もら》い手を探している。この歳になってもまだ、いい相手が見つからないのだ。私の娘は非常に賢くすぐれた経営者なのだが、そこだけが難点――」

「いやね、お父様、わたくしは全く気にしておりませんわよ」

そう言いつつ、クラウディアは降って湧いた縁談に対して特に嫌そうでもない。ヴィンセントは険しい表情のまま、クレセント氏の言葉をうまく呑《の》み込もうとしているようだった。

「……婚姻、というと」

「いやいや、何も急ぐ話ではないのだよ。ただ、私も可愛《かわい》い娘の相手はちゃんと選びたいじゃないか。君なら安心だと思ったまでのこと」

ヴィンセントは苦い顔をした。

「そう、なんですね。大変、ありがたいことです、叔父さん」

――旦那様《だんな》！

イーディスの手の届かないところで、話が進んでいく。

「そうだわ、ヴィンセント。今度……つつがなく最後の実験が終われば、新製品の発表会を行うことにしているの。妹さんと一緒にいらして？」

グレイスは、膝《ひざ》の上で両手を握りしめた。オルタンツィアで展開している事業には、この縁談と吸収合併の話を止めるだけの力がない。

今にも泣きだしそうな背中が痛い。しかしイーディスには今、何もできることがなかった。それが、歯がゆかった。ヴィンセントも妹の涙の気配を察知したらしい。その肩に触れる。

「……、――わかりました。お伺いすることにしようか、グレイス。……今日のお話は、持ち帰って、じっくり検討させていただきたいです」

言葉の後半は、クレセント氏に向けられた。イーディスは静かに顔をこわばらせた。

――話が悪い方向に……っ！

「そうか、そうか」

にこにこと笑みを絶やさないクレセント氏は、自分の娘とヴィンセントを見比べてさらに笑みを深くした。

「実はな、昔から、そうなればいいと思っていたんだ。何よりお似合いじゃないか、なあクラウディア」

「そうお父様がお思いになるのなら、その通りですわ。おーっほっほっほ！」

耳に刺さるような高笑いに、グレイスがさらに深く俯《うつむ》く。ヴィンセントだけがそれに気づいていた。

「……ですので、この話は保留ということに」

保留、という言葉にとりわけ力をこめて、ヴィンセントはクレセント氏を見つめた。

「もちろんだ。よく考えてくれたまえよ、……」

クレセント氏はヴィンセントと、なぜかその奥のイーディスを見た。送られた視線の意味を悟る前に、クラウディアが続けた。

「そうよヴィンセント。――あなたと二人で会社を切り回すのを楽しみにしているわ」

――ああ、負けだ。

場外にいながら、イーディスは敗北を悟っていた。今のオルタンツィアでは、このクレセントにはどうやったって敵わない。そして、グレイスも。

イーディスは苦々しい気持ちを噛むように目を細めた。

――何より、クラウディア様が強すぎる……！

グレイスはそのまま家に戻るや、ばたばたと訪問着を脱ぎ捨てて薄着のままアトリエ予定地に走っていった。イーディスは手早く羽織るものを用意し、グレイスを追った。

「お嬢様……！　そんな薄着ではお風邪を……」

「私なんて風邪でもなんでも引けばいいのよ、もう嫌、私の役立たず……！　あの女、大嫌いっ」

グレイスは青い目からぼろぼろ涙を流しながらクレセント嬢を罵《ののし》った。

「お兄様もお兄様よ、嫌だってはっきり断ればいいのよ、あんな女との結婚も、会社の吸収合併も、どうして検討なんかするの、拒否一択じゃないの!?　私たちの、お兄様の会社を、はいそうですかと、渡すなんて、そんなの、そんなのって」

「旦那様は会社と家のことを何よりも誰よりも考えていらして――」

「わかってるわよ！　わかってる！　うっ、ううっ」

イーディスは令嬢に服を着せる前に抱きしめられてしまった。

「嫌よ、イーディスまで正論言わないでよ、もうやめてよ、正論で私を殴らないでっ」

訪問着の肩口が涙にぬれていく。薄着の令嬢の肩にガウンを掛けて、イーディスはその銀髪を撫《な》でた。

「……ええ、そうですね。私ばかりでも、お嬢様の味方でいて差し上げないと」

「クレセント社のオルタンツィアブランドなんて嫌。お兄様があの女のものになるなんてもっと嫌……」

縋《すが》りつく力は弱々しいのに、イーディスは彼女を引きはがせない。グレイスフィール・オルタンツィアという少女は、兄を兄として、時に父の代わりとして、深く愛しているのだ。そしてその兄が、両親と死別してから必死に回してきた会社のことも愛している。何せ、兄に任せきりだった会社の事業の片棒を担ぐようになって一年近く――。

「ヴィンセント様と、グレイスお嬢様の、オルタンツィア社ですものね」

グレイスはうんうんと頷《うなず》いて、いっそうイーディスの肩に顔を押し付けた。借りた訪問着が汚れるが、うまいこと洗濯すれば済むこと――イーディスは敢えて口にはしなかった。


一方、ヴィンセント・オルタンツィアは私室の肖像画を見つめていた。母は穏やかな顔で赤子のグレイスを抱いているし、凛々《りり》しい父はこちらをじっと見つめ返してくる。そして幼い自分は何も知らぬまま、これから起こることを知らないまま、無邪気に笑っていた。

「……父上、母上」

汽車の事故で突然逝ってしまった二人の代わりに、今まで家を支えてきた。借金まみれの会社をなんとか立て直したい。その一念でここまでやってきた。十五の時から、今までずっと。

「……グレイス」

『お兄様は一人ではなくてよ』

青い花のような妹の姿を思い浮かべる。本来彼女は来《きた》るべき婚姻に備えるべく、良き妻となるための訓練や、賢い母となるための研鑽《けんさん》を積まなければならない。自分たちの母がそうであったように。……だから本当は、赤字の会社のために彼女が奔走する必要はない。寝る間も惜しんで経営のことを考えるのは、社長であり、家長である自分の役目のはずなのだ。

そして社長としてのヴィンセントは、母の残した膨大な額の借金を返すあてがないこともよくわかっていた。今の経営状況で、すぐに返せる額ではない。そして……返せる見込みもない。

どうしても、オルタンツィア製紙会社を残したい。残したい、が……。

——叔父さんはああ仰るけれども。

クレセント氏は借金など気にしなくていいと言うが、ヴィンセントは気にする。オルタンツィアという名には、後ろ暗い過去を背負わせたくない。それが自分の不手際だろうが、母の遺したものだろうが、同じだ。だからヴィンセントは、借金を踏み倒すなどという真似はできない。

——その対価が、クラウディアとの結婚か。

『実は、ずっとそうなればいいと思っていたんだ』

クレセント氏の赤ら顔が優しく笑うのを思い出しては、大きなため息が漏れる。いずれはするものだと思っていたが、まさか婿に呼ばれるようなことになるとは。

家と会社は分かちがたく結びついている。オルタンツィア製紙会社を残したまま、現家長のヴィンセントが婿に行くとすれば、やはりクレセント社の傘下に入るのが一番いい。叔父さんの言う通りだ。借金についても、筋を通したいのなら、受けて損はない。オルタンツィアの名も残る。家の名と会社はなくなるが、製品も事業もなくならない。資本が代わるだけ、これまで通り、何も変わらない。失うものが少なくて済む。

「クレセントの叔父さん」が出した条件は、悪くない。むしろ、好条件だ。

自分が婿入りすることを条件に、会社の運営が安定する。グレイスもまた、あんな風に身を削らずに済む。そして——。

しかし、思案のために下ろした瞼《まぶた》の裏には、ある少女の横顔が映り込んでくる。ヴィンセントは何度も瞬《まばた》きをした。差し迫った問題、特に結婚について深く考えようとすればするほど、判で押したみたいに、彼女の顔は消えてくれなかった。

あの、あかぎれだらけの手のことが忘れられない。

ヴィンセントは唇だけで彼女の名を呼んだ。誰にも聞きとがめられることなく、その音はヴィンセントの頭の中に残り続けた。

——イーディス。

第二章

1

イーディスが同じ訪問着に袖《そで》を通すことになったのはその一週間後だった。クレセント家の使者が来て「新製品発表会」の日程を知らせたのが五日前のこと。

「早すぎる！」

文句を言いながら支度を整えられているグレイスは、勝負カラーの青に身を包んでいる。

「どんな新製品だか知らないけど、きっとパッとしないものに決まってるわ！」

グレイスの棘《とげ》のある言葉に、願望が混ざっていることに気づかないイーディスではない。

——高級時計会社、クレセント社。レスティア各地に時計台を設置し、レスティアに「時間」という概念を定着させ……その後、時計の小型化に成功している。精密機器、特に時計の部品に関しては、クレセント社の独占市場。アーガスティンでは「どんな商品も一つはクレセント社製の部品を使っている」とまで言われているのだ。並の相手ではない。

「……お嬢様、どんな発明品が出てきても、倒れないでくださいね」

「もちろんよ！」

グレイスは鼻息荒くそう言うけれど、イーディスは九割倒れるだろうなと思っている。

——時計の小型化に成功するくらいなんだから、何が出てきてもおかしくない。

前世での家電製品の小型化・薄型化の歴史を考えても、クラウディアのあの得意げな顔がハッタリだとは思えない。

——クレセント社は、この世界の技術の最先端を行っていると言っていい、のかも……。

再び訪れたクレセント家の屋敷には、先日とはうって変わって人が溢《あふ》れていた。ひょっとするとこちらがクレセント邸の本来の姿なのかもしれない。広々とした大広間には場に合わせた服装の貴族やら会社の重役やら、ありとあらゆる名家の顔ぶれが勢揃《せいぞろ》いしていた。新聞記者から、何やら仰々しい一行まで、バラエティ豊かな人々が一堂に会している。

『イーディス、久しいな』

その中でもひときわ目立つ高い背、黒髪の男が一人。自国《モンテナ》の意匠を取り入れたうえで場に合わせた服を見繕うんだから、この男も相当にオシャレ好きだ。

ユーリ・ツェツァン。海を挟んだ隣国モンテナの、ガラス製品会社の三番目の息子にして、専務。イーディスに目をつけ、何かと「我《おれ》の通訳になれ」とナンパしてくる面倒な男だ。

——いるとは思ったけど。いないとも思わないけど！

『ツェツァン専務、いらしていたんですね』

『もちろん。お前たち《オルタンツィア》が呼ばれるような場所には我も呼ばれるに決まっているだろう』

そして挨拶《あいさつ》とばかりにイーディスの手袋の手を取ろうとするので、さっと避《よ》ける。

『人の目がございますよ』

『淑女に挨拶のキスをして何が悪い』

『メイドです、専務』イーディスは強調した。『ただのメイドでございます。ご存じでしょう』

彼も前世のある『流星の子』だからか、この世界を覆っている身分差への偏見が少ない。それらしいモーションばかりかけてきて、この人も相当の物好きだ。

――会うたびにからかわれてばっかり。私のことなんだと思ってるのかな。

他の場所で挨拶をしていたグレイスが戻ってきて、ユーリを見上げた。

『ごきげんよう、ミスター』

『こんにちは、オルタンツィアのレディ』

モンテナ語は「英語」なので、前世で相応の教育を受けていればこれくらいは余裕で聞き取れる。

令嬢は手の甲にキスを受けると、イーディスの顔を見た。

仕事開始だ。

『今日は広くモンテナからも客が呼ばれているようだ。周りが通訳をしろとうるさい』

ユーリが面倒くさそうに両手を広げてみせた。

『確かにレスティア文社を運営しているが、我とてレスティア語が堪能なわけではない』

『十分堪能でいらっしゃいますよ、とお嬢様は仰《おっしゃ》っています』

今日のイーディスの役割は、通訳だ。イーディスにしてみれば、前世と同じことをやっているにすぎないのだが――これが、珍しいらしい。ユーリなどは、イーディスの才を見抜くや、自分の家に引き抜こうとしたくらいだ。

ユーリの言葉を聞き取ったイーディスは、グレイスの顔を見た。

「専務は、話すのと翻訳するのとでは頭の別の場所を使うから疲れる、と」

「そう考えるとあなたって本当にすごいわよね」とグレイス。イーディスは軽く首を横に振ると、ユーリに向き直った。

『ところで専務。今回のクレセント社の発表について、何かご存じですか？』

『いや、特に何も。叔父貴……本社が関わっているらしいがな。こっち《支社》はさっぱりだ』

どうやら周りの客も同じ条件でここに集まっているようだ。誰もこの発表の詳細を知らない。

『それよりも、狐が恥をかく前に行《い》った方がいいんじゃないか』

『へ？』

イーディスは指し示された方を素直に見た。ヴィンセントが、黒髪の男たちに囲まれて何か話をしている。

「旦那様《だんな》!?」

『あいつのモンテナ語は初等教育レベルで止まっているからな。しかも発音が怪しい、聞き取るのにも苦労する。とんでもないことになる前に行った方がいいぞ、イーディス』

イーディスはさあっと青くなった。

『ええ、ええ、紙です。紙製品。紙製品の工場を二つ持っておりまして、主にモンテナに市場を持ちたいと旦那様は仰っています』

イーディスは身振り手振りを交えて誤解を解くのに必死だ。

『はい、紙《paper》です、胡椒《pepper》ではなく！　ですから、先ほど申し上げた胡椒の受注はなしということに……』


「お兄様、いったい何を仰ったの、イーディスがさっきからずっと真っ青だけど」

「商談に挑戦してみたんだが……駄目だったろうか……」

ユーリが鼻を鳴らした。明瞭《めいりょう》なレスティア語。

「商談、通訳なし、無謀がすぎる」


『オルタンツィア製紙です、はい、ええ、製紙業でございます。以後御見知りおきを、はい、はい』

『その瞳《ひとみ》の色、モンテナの人じゃないね？』

一人、一際若い男が口を開いた。少年と言い換えてもいいかもしれない。イーディスとそう変わらないか、年下くらいだ。

『少し発音も違っている。独学？　それとも学校に通ったの？』

『通訳がいる会社なんて、羨《うらや》ましい』別の男が口を開く。こちらは鷲《わし》のように鋭い鼻をしている。

『オルタンツィア製紙の通訳か』

はい、と二人に向かって頷《うなず》こうとしたところに、聞き知った声が割り込んでくる。

『我の通訳だ、良いだろう、シス、ロウジ』

『なるほど、前に言っていたお前の女《いろ》か』

鷲鼻の方がにやりと笑った。

『機知に富んで聡明《そうめい》な女性、なるほどな』

イーディスは肩に置かれたユーリの手をぱっと払ったところでそれを聞き、真っ赤になった。

『違います、違います、違うってば！』

『ずいぶんと可愛らしい女性ですね、ユーリ兄』少年がにこ、と愛嬌《あいきょう》のある顔をユーリに向ける。

『だろう、シス。……手を出すなよ』

『俺の通訳だ、みたいな顔をしないでくださいさい専務！　わたくしはオルタンツィアのメイド……ただまに通訳をするだけのメイドでございます！』

『メイド？　そうなの？』

『そうです！　ただのメイドです！』

思いがけず盛り上がっていく会話の中で、鷲鼻の男が『見ろ《look》』と指をさした。見ると、大広間の中央――今のイーディスたちからさほど遠くない場所に設けられた壇の上に、こつんと足音を響かせた女性が一人。

クラウディア・クレセントの登場だ。

ライトアップされていく壇上にフラミンゴ色の華やかなドレスが煌《きら》めく。精緻《せいち》なビーズが縫い込まれたドレスだ。おそらく既製品ではなく、オーダーメイドの特注品だろう。

続いて、執事が壇上に上がった。手の上に金色の布を掛けた盆を捧《ささ》げ持《も》っている。執事が隣に来るのを待ち、クラウディアは声を上げた。

「みなさま！」

騒《ざわ》めいていた会場が静まり返る。

しんと澄んだ空気を、クラウディアの高らかな声が震わせた。

「この度はクレセント社の新製品発表会の招待に応じていただき、大変感謝いたしております。手短にお話しいたしましょう。この度わたくしどもが開発いたしましたのは、こちらでございます」

執事は恭しく金色の布を取り去り、それをクラウディアへと差し出した。

イーディスは思いがけず、間近でそれを見た。そしてぶったまげた。


——みたこと、あるんですけど……？

「こちら、新製品の、『カメラ』と申します。こちらの製品ですが……」

——やっぱり見たことあるんですけど‼

聴衆はにわかに騒めいた。あれはなんだ？　どういったものだ？　飛び交うささやきに応えるように、クラウディアは口を開いた。

イーディスは気を取り直してモンテナ人たちに小声で通訳を始めた。

『景色や人物の姿かたちをそのまま紙の上に写し取ることのできる機械です』

『ボタンを一つ押せば、簡単に映像……いえ、景色を切り取ることができます』

一方でグレイスは驚愕《きょうがく》して硬直していた。気持ちはわかる。だって「カメラ」だ。あの「カメラ」に見える。イーディスは彼女のそばに行きたかったが、モンテナ人のシスとロウジに挟まれており、背後にはユーリがおり……なかなか抜け出すことができない。何より彼らは通訳を必要としていた。

「カメラの売りはもちろん、その景色を切り取る技術にありますが——もう一つございます。ヴィンセント！　ヴィンセント・オルタンツィア！」

「えっ」「え？」

グレイスの小さな声と、通訳途中だったイーディスの思考停止の音が重なった。

「お、お兄様……」

グレイスの瞳が潤む。妹の本音は、ゆるゆると横に振られる首や、袖を引く手に全て表れていた。

「おにいさま、いかないで」

しかしヴィンセントは、妹の弱々しい手を振り払った。

「グレイス、すまない。呼ばれているからには……行かなければ」

グレイスの細指は、縋《すが》るものをなくして宙をさまよう。妹は泣きそうにくしゃっと顔をゆがめた。

ヴィンセントが一歩一歩、壇上に上がっていく。そして、華やかなクラウディアの隣に並んだ。

「——紹介いたしますわ。古くからの友人、製紙業を営むヴィンセントです」

壇上の二人は光を浴びて輝いており、……その上お似合いだった。物語から出てきた王子と姫のようにお似合いだった。あんまりにも――。

――お似合いだ……。

イーディスでさえそう思うのだから間違いない。

「そうね、では試しに私たちの肖像を撮ってもらいましょう。そこの、ネイビーのお洋服のお嬢さん」

揃えた指先が自分の方に向けられているのに気づいて、イーディスは肩を跳ね上げた。

「わっ、わたくしですか⁉」

「ええ、あなたです。あなた、ボタンは押せますわね？」

クラウディアが壇上からカメラを渡してくる。

「このガラスレンズに指が入らないように持って、そう、じょうずよ」

ふんわりと薔薇《ばら》の香りを纏《まと》ったクラウディアは、緑色の瞳をイーディスの指先に向ける。

「そう、その状態で一回ボタンを押して。わたくしとヴィンセントを真ん中にしてね……」

イーディスは言われるがまま、その圧力に押されて、カメラを構えた。

――お客様に頼まれて、こうやってシャッターを切ることもあったっけ。

カシャ、カシャ。

いつもの癖で二回シャッターを切ってしまったイーディスは、はたと気づいてクラウディアに謝った。

「申し訳ありません、一度と仰ったのに……！」

「よろしいのよ。……このように！　小さな子供でも、ご老人でも、たとえハウスメイドでも、誰でも！　ボタンさえ押せれば、カメラは簡単に扱えるのですわ」

クラウディアは高々と言い放ち、カメラを受け取って中身を取り出した。中には思った通り、フィルムのようなものが入っていた。

「しばらくご歓談くださいまし。カメラの本領を、お見せいたします」

「……いくらなんでも、そこにハウスメイドを並べるのはどうかと思うわ」

グレイスが腕を組み、聞いたこともない低い声で呟《つぶや》く。

「別に、小さな子供とご老人を馬鹿にするわけじゃないけど……」

「同意」

腰に手を当てたユーリが一言、笑顔でグレイスに同意した。笑顔だが、喜んでいるわけではない。これは、機嫌を損ねている時の笑顔だ。

「わたくしたち、気が合いますこと、ね、専務」

しかしイーディスは二人の剣幕についていけない。

「え？　でもここって、もとからそういう世界観でしたよね？」

ハウスメイドの身分については「イーディス」として生きてきた十六年間ですっかりしみ込んでしまっている。ハウスメイドは屋敷に仕える妖精《ようせい》で、本来高貴な人に交じってこのような場にはいられない、見せられないものだ。そういう存在だ。今もレスティアでは労働者階級の人々に対する差別意識は強く、メイドもその中にいた。

だからクラウディアの言葉は至極まっとうなものだ。……と、イーディスは思っている。

「それとこれとは別よ」グレイスは苦いものを吐き捨てるみたいに言い放った。

「あなたが良くても、私は良くないし、専務も良くないってだけよ。憤る権利はあるわ」

グレイスがぼやいた、その時だ。

「イーディス！」

黒髪の美少女が駆け足でこちらに向かってきている。イーディスは声を跳ね上げた。

「マリーナ様！　やっぱりいらしていたんですね！」

マリーナ——マリーナ・モンテスターは、あわあわと手を握ったり開いたりした。

「ねえ、イーディス。カメラって、あのカメラ？」

「あのカメラみたいです」

「間違いないの？　持ってみてどうだった？」

「ええ。持った感じ、使い捨てカメラ……みたいな感じなんですけど、フィルムを取り換えて使う、古いタイプのカメラですね。フィルムらしきものもありましたし」

「このティッシュもトイレットペーパーも普及してない時代に先にカメラが出てくるの⁉」

マリーナ・モンテスターは、この世界の「ヒロイン」だ。モンテナにルーツを持つ名家、モンテスター家の令嬢にして、現世の港町からうっかりこの世界に転生してきたという「設定」の人物である。

本来この世界は、マリーナとヴィンセントの恋物語をメインとし、グレイスフィールを悪役令嬢に据えた少女漫画世界だったのだ。が、なんやかんやあって、そのシナリオのフラグはぽっきり折れた。今はイーディスとグレイス共通の良き友人として、仲良く文通などする仲だ。

「写真画像が普及するとなると、新聞もなにもかも、情報量が増えますわね。情報の革命が起きますわ」

マリーナは、「ありとあらゆる小物のデザインにも影響が出るかも」と言い添えた。

「今までイラストや絵画に頼ってきたところが……」

グレイスはそれを聞いて目を細めた。しかし、何も言わなかった。グレイスも言わずともわかっているのだろう。

「そんなことよりも。……そんなことよりも、あの女よ。あの女と、お兄様の間の縁談をなんとか破談にしなきゃいけないのよ……どうしよう、このままじゃ……」

「縁談」

単語を聞き取れたのか、ユーリがオウムのように首を傾《かし》げた。

『狐にか？　狐に縁談が？』

『その呼び方はやめてくださいと何度も申し上げて……まあ、そうです。クラウディア様と、ヴィンセント様の間に、縁談……のようなものが』

『ようなもの？　なんだ、決まっていないのか』

ヴィンセントとクラウディアは未だ、明かりを弱めた壇上で何か語らっていた。ちらりと青い瞳がこちらに視線を寄越す。イーディスはその視線を一度受け止めたが、すぐに目を逸《そ》らした。邪魔をするべきではないと思ったからだ。

『……ふうん。似合いの二人だと思うがな』

イーディスはすぐさまユーリを睨《にら》み上げた。しかしユーリはイーディスのそんな棘々《とげとげ》しい視線にも臆《おく》さず、へらへらと笑っている。そして言葉を選ぶように視線を逸らし、明瞭《めいりょう》なレスティア語で続ける。

「あの、合理性の塊、むしろ、なぜ婚姻を快諾しない。不思議だ、興味、ある」

『ちょっと、何言ってくれてんのよ！』

「……快諾なんてするわけ、ないじゃない」

イーディスの抗議むなしく、グレイスがそれを聞きとり、ぎりりと歯を食いしばった。

「お嬢様……」

「わたくしのお兄様を、私たちの会社を……あんな女に……奪われてたまるもんですか……！」

マリーナが、グレイスの白すぎる頬に目を配る。

「グレイスフィール様、お顔が怖いわ。お顔の色も、あまりよくないわ……」

グレイスはぎゅっと唇を引き結ぶと、マリーナの手をやんわりと払いのけた。

「少し……外の空気を吸ってきますわ。……皆さまは、ご歓談を続けて……」

そう言い残し、ドレスを持ち上げ、風のように去ってしまう。

「お嬢様、お待ちくださいお嬢様！」

人のいない廊下でイーディスが追い付いた時、グレイスは一人、涙をこぼしていた。すすり泣きから、徐々に激しく上下してゆく肩、声にならない嗚咽《おえつ》が、白亜の廊下を涙に染めていた。

「お嬢様……」

顔を覆った令嬢はその場に座り込んでしまう。勝負ドレスの青が広がる。色味のはっきりした青も、彼女の輝かんばかりの銀髪も、あざやかさを失って日陰の花のようになってしまっていた。

「あんなモンテナ野郎のことは気にしないでください。あれは、そういう男なのです」

「気にしてなんか、いないわ」

涙でぐちゃぐちゃの美しい顔を見て、イーディスもまた座り込む。ドレスの生地に膝《ひざ》をつかないように、そっと避けて。

「ツェツァン専務の言う通りだから、……言う通りだから、泣きたくなってしまったのだわ」

涙をこぼす令嬢の顔をハンカチで拭《ぬぐ》う。イーディスにはそれしかできなかった。

「私、会社のために頑張っているつもりだったけど、全然。全然駄目。何の役にも立ってない！」

「そんなことは、ございません」

イーディスははっきり告げた。

「お嬢様は頑張っていらっしゃいます。誰よりもオルタンツィア家のために心を砕いていらっしゃいます。その頑張りは、私たちが知っております。……ですから、ご自分で、ご自分をいじめないでください」

グレイスははっとしたように目を見開いてから、くしゃっと顔をゆがめた。

「いいことがないのかしら。最近、泣いてばかりいる気がするの。どうして……」

「お疲れなのでしょう。お嬢様はとにかく忙しくしていらっしゃるから」

イーディスは腕を伸ばして、以前のようにグレイスを抱きしめた。

「ティッシュ事業はこれから軌道に乗せねばなりませんし、ショッパーのデザインはお嬢様の手にかかっておりますでしょう。毎日毎日、夜も遅くていらっしゃる……お疲れなのです。お疲れなのに加えて、変化があったから、さらにお疲れになったのです」

「そうかも、しれないわ」

「たまには息抜きなどされてはいかがでしょう、……そうですね。じきに秋祭りの時季ですので、良質な布が出回りますから、いいものを見繕って、お揃《そろ》いのストールに仕立てましょうか」

「お裁縫、できるの」

「人並みには」イーディスは小さく笑った。「小学校家庭科の知識くらいですが」

「……そう。そうしましょう。そうしましょう、か」

赤くなった眼のふちをみずからなぞってから、重たい頭をイーディスにあずけ、グレイスはゆっくりと子供のように言った。

「ねえ、イーディスだけはどこにもいかないで、ね」

「もちろんです。どこにも行くつもりはないです、ご安心くださいませ」

視界の隅を星のように流れていく銀髪に目を奪われていたから、やはりイーディスは気づかなかった。

カシャ、カシャ、カシャ……。

気づけなかった。「カメラ」を構えて、こちらを撮っている男の姿に。

男はひとしきり写真を撮り終えて、カメラを抱きしめると、含んだように笑った。

「ああ、やっぱり素敵だよ、天使みたいだ」

そして、付け加える。

「……君が生きてた頃にそっくりだ、アリア」

2

レスティアの四季には別名がある。春は「乙女の季節」、夏は「白鳥の季節」。そして秋は「天馬の季節」だ。翼を持つ馬を模したタペストリーが飾られる横を、労働者の子供たちが走り抜けていく。普段は煙突に体を突っ込んで煤掃除《すすそうじ》をしているような少年たちが、めいめいに三色の旗を振りながら走っていくのを、イーディスは物珍しく眺めた。

『天馬祭』。豊穣《ほうじょう》と発展の季節を祝う祝祭だ。この大規模な祭りに合わせて休暇を頂いたのは初めてだったから、イーディス・アンダント十六歳、初めてのアーガスティンの祝祭である。

お嬢様のおさがりを着て――というのも、ちゃんとした私服をイーディスが持っていないのが悪いのだが――出かけたイーディスは、長らく見ていなかった街の賑々《にぎにぎ》しさに目を回していた。

「すごい、すごいですね、お嬢様！　人がたくさんいます」

本当はもっと他に言うべきことがあったのだが、イーディスはそれしか言えなかった。そう、人、人、人！　先ほどの子供たちは両腕を広げて広場を駆け回っていた。紳士たちはカジュアルな格好で語らい、淑女たちは軽装の、さりげないオシャレで競い合っている。グレイスもその中にいて、銀色の星型のブローチを光らせていた。

「当たり前でしょう、ここは産業臨海都市アーガスティン。労働者、中流階級《ブルジョワ》から貴族《ノーブル》まで、ひしめき合って暮らしているんだから。人口が多いのは当然のこと」

お出かけ用のコートを着こなし、先を行くグレイスが、何度目かになる注意をした。

「だから、迷子にならないように手を繋《つな》ぎましょうと言っているじゃない。はぐれるわよ」

「で、でも。目立っちゃいますよ……」

イーディスはあかぎれだらけの手を握りしめた。「それに、お嬢様の手を汚してしまっては困りますし」

メイドと令嬢が手を繋いで歩くだなんて前代未聞だ。

「イーディス。誰もかれも自分のことしか考えてないわ。私たちのことなんか気にしちゃいないわよ」

確かにそうかもしれない。そうかもしれないが。グレイスが気にしなくとも、イーディスは気にする。令嬢と使用人は手を繋ぐものではない。

グレイスの申し出を固辞したイーディスは、令嬢の数歩後ろに付き従いながら、物珍しい祭りの風景に圧倒された。豊漁を願うために三色の旗を一杯に張り巡らし、あちらもこちらも赤青白。秋の空にはイワシ雲が浮かび、薄く澄んだ空色になじんでいる。

――街なんか久しぶりだ……。

ひょっとすると、こうやってゆっくり歩くのはオルタンツィア家に来る前――救貧院時代以来かもしれない。幼い頃はイーディスも、先ほどの男の子たちのように、姉や弟たちと旗を振り回して走ったものだ。救貧院から近い商店街はアーガスティンほど大きい街ではなかったけれど、やはりこうして三色の旗を吊《つ》るしていたものだった。

――すごいなぁ。さすが産業都市アーガスティン。

「『天馬祭』はね。規模は違うけど各地で行われているの。アーガスティンの『天馬祭』はレスティアでは王都に次ぐ規模よ。……国を挙げてのクリスマスみたいなものね。どんな家でも今日だけは羽振りがいいし、家族と過ごす人も多いわ。そして親しい人や家族や恋人に、プレゼントを贈り合うの。そうして贈ったものには、女神の祝福が宿ることもある、と言われているわ」

「実際、どうなんでしょう？　女神の祝福って、あるんですか？　先生」

「祝福は宿るわ」

原作者は言い切った。

「とっても低い確率ですけどね。王都の『天馬祭』に行けば実例もあるわよ」

「へえー！　いつか王都の『天馬祭』に行ってみたいですね」

さすがは原作者、詳しい。滑らかに説明するグレイスは頼もしかった。どことなく顔色も明るく見える。

「天馬は女神の使者。そして人々に富と叡智《えいち》を授けるものよ。ですから――」

グレイスの熱心な世界観講釈を聞きながら、イーディスは周りの景色に夢中だ。ショーウインドウ――その中に佇《たたず》むトルソーに着せ付けられた、秋色のワンピースに目が行く。

――あ、三人娘が好きそう。

あの三人はよく労働者向けの雑誌や、中流階級向け婦人服のカタログなどを読んでいるのだ。たまに休憩中にあれこれ話しているのを見かける。私物も豊富で、休暇となれば私服を着て街に繰り出すのが常だ。

イーディスはお嬢様から借りてばかりの自分の服装を見て、それから新品のワンピースを眺めた。

――お洋服。

値段を見て、確実に手が届かないことを確認したイーディスは、「見るだけ」と思いながらそれを見上げた。ブランド名が書いてあるが、読めない。胸元に刺繍《ししゅう》してあるのは天馬、ペガサスを模した、羽の生えた馬の意匠だ。王都から来たんだろうか？　流行《はや》りなのかもしれない。でもイーディスにはその善し悪しが全くわからなかった。三人娘ならわかるのかもしれないが。

――でもこれ、アニーに似合いそうだな。この可愛《かわい》い茶色……。

頭の中で友人の姿を思い浮かべる。このお洋服をプレゼントできたら、アニーはどんな顔をするだろうか。

――きっと「借金返済はどうしたのよ」って怒るだろうな。

想像だけで満足したイーディスははたと前を見て――気づく。

「あれっ」

グレイスがいない。どこにもいない。

それ見たことか！　とグレイスが怒るのが手に取るように想像できる。

――あー、どうしよう。

迷子の時はひとところにとどまっている方が見つかりやすいというが、下僕のイーディスが主人を探さなくてどうする。そう思ってイーディスはふらふらと人込みの中に入っていく。

――お嬢様はどこに向かったんだろう。

もう目的のお店に着いている頃だろうか。

――っていうか。

目的のお店というのはどこだろう？　イーディスはアーガスティンの地理に疎い。救貧院から出てすぐオルタンツィアに勤めたのだ。詳しいわけがない。そうしているうち、自分がどこにいるのかさえわからなくなってしまった。

――あー、かんっぺき迷子だわこれ。

イーディスはあたりを見回して、人込みにあの銀色の美しい髪がないかを探したが、やはりというか、いない。イーディスだけが迷子。

「あー、どうしよう」

絶えることのない人の波の中でおろおろしていると、ふと背後から声がかかった。

「お嬢さん、迷子ですか？」

最初、自分が呼ばれているとは思っていなかった。イーディスはグレイスの姿ばかり探していた。

「お嬢さん」

知らない体温がイーディスの手首を掴《つか》む。今日に限って、手袋を着けていない。あかぎれで傷だらけの手の向こうに――。

「えっ⁉」

知らない美しい男が一人いた。金色の髪、緑色の瞳《ひとみ》、すっと通った鼻筋、薄い唇。

――どちら様⁉


一方、天馬祭にはもう一組、祝祭を楽しむ二人組がいた。

「ねえヴィンセント、買いたいものって本当にそれなの？」

品のあるブラウスとスカートで秋を装っているクラウディアは、じいっとヴィンセントの手にある小瓶を覗《のぞ》き込んだ。薄い緑色の軟膏《なんこう》が詰められた瓶だ。同じくよそ行きに服装を整えたヴィンセントは、矯《た》めつ眇《すが》めつそれを見て、頷《うなず》いた。

「これだ、間違いない」

「……何かと間違えていない？」

「これで合っている……はずだ。ちゃんと調べたからな」

クラウディアはさらに眉《まゆ》を寄せた。眉間《みけん》に寄ったしわを指で押して直しながら、硬い声で言う。

「天馬祭の場で『買いたいもの』って言ったら、もっと別のものだと思うでしょう。まさかこんな辺鄙《へんぴ》な薬屋さんに行くと思わないじゃないの」

「まあ、祝祭の日じゃあなくても良かったんだが」

「まったくもう。……ちょっと期待したじゃない」

ヴィンセントはクラウディアの機嫌を気にも留めず、それをひと瓶だけ買った。

「塗り薬なんて何に使うの。……あかぎれ、ひびによく効きます。ですって」

「……メイドに贈ろうと」

せっかく直した眉間のしわが復活してしまったクラウディアは、細くてなめらかな指先でヴィンセントの腕を抱いた。

「メイド？　なぜ？　そんな労働者にあなたが手を掛ける必要があって？　あなたが買わずとも、執事やそのメイドにお金を与えて買いに行かせればいいじゃない。何より、お給金だって十分に出しているんでしょう？」

「少し前までは僕も君と同じ考えだった、クラウディア」

ヴィンセントは手の中にすっぽり収まってしまうほど小さな小瓶を握りしめて、クラウディアを見下ろした。

「メイドは家の持ち物。僕の持ち物だと思っていた」

「――思っていた？」

「ある、仕事のできないメイドがいて」

ヴィンセントは当時を懐かしむように碧眼《へきがん》を細める。

「……とても生意気だった。僕の言葉に口ごたえをしたんだ。その時の僕はひどく感情的になっていたから、気まぐれに彼女を試そうと思った。三日で結果を出せ……どうせできないと思っていた」

「生意気なメイドはさっさとクビにすればいいじゃない」

クラウディアが言い募る。「我が家では、そうしていますけれど？」

「そうしようとしたさ。でも彼女は、土壇場で自分の有用性を証明してきた。そして、僕と妹の世界を全部変えてしまった。言葉通りの全部……僕の凝り固まった差別意識さえ、だ」

「……」

クラウディアが言葉の意味をはかりかねている間に、ヴィンセントは「行こう」と彼女を促した。

「とにかく、買い物は終わったよ、クラウディア。付き合わせてすまなかった」

「――すっかり変わってしまったのね、ヴィンセント」

クラウディアは小さな声で呟《つぶや》いた。声はヴィンセントの耳には届かなかった。

話は戻って――。

謎の美男子はイーディスの顔とあかぎれだらけの手を見比べて、大きくため息をつく。

「ひどい手だ。君の白い肌にこんな傷をつけるなんて、どんな職場なんだ」

「は、え?」

着崩しているが上等な衣服、手入れの行き届いた爪、つやつやの髪、どう考えても……イーディスと同じ労働者階級には見えない。中流か、それより上……。

「あの、手を放していただけますか」

イーディスは言いながら手首を捻《ひね》るようにして男から逃れようとした。しかし男の力、なかなか振りほどけない。

「私、これから仕事があるので、すみませんが」

「仕事を変えようとは思わない? 辛《つら》い仕事は終わりにしないか。もっといい職場があると言ったら、君はどうする?」

イーディスはぞわっと逆立った体中の毛をなだめながら、冷静に言葉を選ぶ。

「あなた、怪しいですよ」

「怪しい……かなぁ?」

「めっちゃくちゃ怪しいですよ! 誰ですかあなた!」

男は少し考えた風だった。怪しいと言われて自分を少し客観視したのかもしれない。イーディスはその隙に勢い良く手を捻り、ようやく自分の手を取り戻す。じりじりと後ずさり、男から距離を

取りながら、イーディスは険のある声音で言い放った。

「人を呼びますよ」

「そんなに怖がらなくてもいいじゃないか」

「怪しいって言ってるじゃないですか！」

美男子は悲しげに眉を下げた。甘いマスクに惑わされるご婦人は多かろうが、あいにくイーディスは間に合っているので……。

脳裏にヴィンセントやユーリ──美形たちを思い浮かべながら、イーディスはかぶりを振った。

「十分怖いですっ！」

思い切り後ずさった時──どんと後ろ頭に柔らかい衝撃があった。

「あっ、ごめんなさ──えっ」

背後を振り返ると、そこに立っているのは、

「旦那《だんな》様……？」

「イーディス」ヴィンセントも今気づいたとばかりに目を見開いている。そしてその片腕には、ほっそりした女性の腕が絡みついていた。秋の陽光に金色の巻き髪が光る。

──く、く、クラウディア・クレセントォ！　腕まで組んでるしっ！

動揺しきりのイーディスをよそに、ヴィンセントは至極当然の疑問を口にする。

「どうしたんだ、こんなところで」

「え、ええと」

それはそうだ。普段屋敷から出ないメイドと「デート」中に遭遇すれば誰だって同じことを聞くだろう。イーディスは、変な美青年に絡まれていました、とは言えなかったので、

「午後にお休みを頂いたので、買い物をしに出てきたのです」

とだけ言った。グレイスの名前は出さなかった。

——むしろ、迷子になってよかったかもしれない……。

この二人の今の格好を見たらグレイスは泣き崩れるか卒倒するかのどちらかだ。お嬢様を無駄に傷つけたくはない。

——ひとりの時で、よかった。

安堵《あんど》したのもつかの間、イーディスを執拗《しつよう》に誘惑してきた美形ナンパ男を振り返れば、いない。忽然《こつぜん》といなくなっている。

「……あのう、お二人とも、おかしな金髪の男を見ませんでしたか？　さっきまで私にしつこく言い寄ってきていたのですが」

「……いや」

「見ていないわ」

なにか煮え切らない態度のヴィンセントに対して、クラウディアはきっぱり言い切った。

「わたくし、そうした男性は見ていません。わたくしたちが来る前に去ったのでしょう」

「そ、そうですよね」

イーディスはともあれ、安心した。

「お二人がいらしてくれたおかげで、窮地を脱することができました」

クラウディアは、イーディスの格好を上から下まで眺め回した後、ああ、と一言呟《つぶや》いた。

「あなた、グレイスフィール嬢の『御付き』ね？　──にしては」

緑色の瞳がイーディスの傷だらけの手をとらえた。

「いろいろな仕事をしているみたいだけど」

「クラウディア。僕の家は君の家ほど裕福じゃあないから」

言い訳するようにヴィンセントが応える。

「メイドの役割が大きいんだ。それこそ、台所から妹の身の回りの世話まで、彼女に任せている。彼女たちは『なんでもする』メイドだ」

「そうなのね。ふうん……そうなのね」

緑色の瞳がきらっと光った。

「──ねえメイドさん。貴女《あなた》、綺麗《きれい》なものはお好き？」

「え？　え？　はあ……」

「女の子なら、身を飾るものに興味があるでしょう」

クラウディアはつかつかと──ヴィンセントの腕を引いて、露店を広げている老爺《ろうや》の所まで歩いていって、その中から一番立派なブローチをつまみ上げた。

「これなんかどうかしら。メイドのエプロンドレスにも合うし、今着ているそのお洋服にも似合うわ。この前着ていた訪問着にもぴったり」

「え、えええっ」

細指がつまみ上げたのは、薔薇《ばら》を模した緻密《ちみつ》なブローチだ。確かにクラウディアの言う通り、控えめで、仕事着に付けても今のお洋服に付けても映えるものだろう。しかし。

正直、イーディスは身を飾ることには興味がない。お金があったら鉛筆とかインクとか、本を買いたいと思っている。

「い、いただけません、クラウディア様。わたくしのような使用人にはふさわしくありません」

イーディスは両手を振ってそれを固辞した。

「何より、わたくし自身が、そのブローチに見合う人間ではないので！」

「あらそう」

意外にもクラウディアは淡白にそれをもとの場所に戻した。

「変なの。うちのメイドたちなんか、大喜びして『頂戴《ちょうだい》します』って言うわ。欲のない子」

「そういう娘なんだよ、クラウディア」

ヴィンセントが彼女の顔を覗《のぞ》き込んだ。幼馴染《おさななじみ》の気安さがそうさせるのか——それは男女の距離である。イーディスはそっと目を逸《そ》らした。

——お嬢様がここにいなくて本当によかった……。

ヴィンセントとクラウディアの二人組と別れた後、イーディスは再び街の中をうろうろとさまよった。薄汚れた労働者や、お出かけのために着飾った貴婦人や——身分の織り成す模様が、街の景色として溶けて見えなくなる頃になって、ようやくそれらしい布屋を見つけた。

そこに見まごうことなきグレイスの銀髪を見つけ、へとへとのイーディスは歓喜の声を上げながら令嬢に駆け寄った。

「お、お嬢様、やっと、やっと見つけた」

グレイスは息切れするイーディスを見るや駆け寄ってきて両手をばたばたさせる。

「遅い、もう、何やってたのよ！　心配したじゃない！　この世界、ケータイがないんだから！本当にひやっひやよ！　まったく！　だからあれほど手を繋《つな》ごうと言ったじゃないの！」

「すみません、申し訳ありません、ちょっと……」

いろいろありまして、という言葉が喉《のど》まで出かかって、やめた。心配事をこれ以上増やすのはよくない。

店内にはところ狭しと巻かれた布が陳列されている。イーディスのメイド服に使われているような安いものから、キルトに仕立てられた一枚ものまである。

奥の方で深緑のふかふかした布を触っていたグレイスは、隣の青い布を指さした。

「あのね。私たちの目の色にそっくりないい布があったから、これがいいかしらと思っていたの。ね、これの縁を綺麗に繕えれば、いい冬用ストールになると思うのよ。そう思わない？」

上等な布だ。値段を見てイーディスはびっくりした。ゼロの数を間違えているのではないかと疑ったくらいだ。

「え。私、こんな高価なもの買えません……！」

「いいわよ。私、あなたのストールを駄目にしてしまった前科があるもの。それに今日は『天馬祭』よ。贈り物は素直に受け取ってちょうだいな。何か奇跡が起きて祝福が宿るかもしれないわ」

「あ、ああう……」

グレイスはさらりと言うと、店主を呼びつけて布の注文に入った。サイズを指定して裁断してもらうのだ。瞬く間にストール大にされてしまったふかふかの布を見て、イーディスは覚悟を決めた。

「せ、せっかくですから、……色。交換しませんか」

「交換？」

令嬢が細腕に抱えた布を二枚受け取って、イーディスは提案するみたいに首を傾けた。

「私が青で、お嬢様が緑を使うんです。……いいでしょ？」

グレイスはきょとんとしていたが、やがてうんうんと頷《うなず》いて目を輝かせた。

「いいわね、……いいわね！　そうしましょうか」

「そうして、英雄の流星を並んで眺めるのもいいかもしれません」

「今度は締め出されないようにしなくっちゃね」

「ええ――」

二人で肩を並べてワイワイやっていた時、ふと視線を感じてイーディスは顔を上げた。視線の主は、「カメラ」越しにこちらを見ていた――金髪。

カシャ、カシャ。冷たい連写音がこちらまで聞こえてくる。

「ひっ、」

イーディスがわかりやすく顔色を変えると——さっきの金髪美形ナンパ男は素早くカメラをバッグに押し込んで、姿を消した。

「何、どうしたの」

「……盗撮、されてました」

「え？」

声が震える。知らぬ視線にさらされたことに対する恐怖、自分が何かに記録される恐怖——今まで忘れていたそれらが一気に蘇《よみがえ》ってくる。視線とは、こんなに恐ろしいものだっただろうか。

「わ、わたしたち、だれかに、その、盗撮されていました、お嬢様……」

「はあ⁉　誰に？　どうやって？」

「わかりません……カメラで……写真、少なくとも二枚は……」

グレイスがあたりを見回した時には、もう奴《やつ》はいない。イーディスは怖気《おぞけ》の中で、布といっしょに自らを抱きしめた。

「気持ち悪ッ……」

「誰だか知らないけど、それが本当ならプ、ラ、イ、バ、シ、ー、の侵害よ、気色悪いわね！　せっかくのお出かけが台無しだわ！」

激怒するグレイスの言葉にイーディスは頷いたが、返事をすることはできなかった。あの男に掴《つか》まれた手のあたりがすうっと寒い。

『お嬢さん』

あの美青年の声が耳元で聞こえた気がして、イーディスはぶるっと震えた。

――こっっわ‼

3

金髪盗撮男について、イーディスはマリーナに助けを求めた。顔の広い彼女なら、何かしら情報を持っているのではないかと踏んだからだ。

「どちらかと言えば中流か貴族階級の方で、金髪」

マリーナは唇に指を一本あてて、目を閉じて考え込んでいる。

「その盗撮魔の方はカメラを持っていらした。間違いありませんね」

「盗撮されてますから、間違いありません」イーディスが被《かぶ》せ気味に言った。「間違いなく、写真を撮られました」

「いやだわ、まったく……盗撮だなんて」

グレイスがぶちぶち呟きながら、出された紅茶に口をつける。

「あら、おいしい。こちらの茶葉は何かしら？」

「アッサムです。グレイスフィール様」

控えていたロージィが応えた。ロージィはイーディスの救貧院での姉がわりで、モンテスター家に仕える前は、オルタンツィアにいたのだ。

「アッサムってなんだっけ、イーディス」「イギリスの茶葉でございます」

主人の問いに早口で答えるイーディスの語彙《ごい》に引っかかったロージィが首を傾《かし》げる横で、マリーナは眉間《みけん》のしわをほぐした。

「――カメラを持っている方は限られます。そこから絞っていけますわね。新商品ですし、お値段もそうお安くはありませんから。あの場でお買い上げになったのは確か三名様です。何せ、わたくしも買おうかどうか迷ったのですもの」

「その御三方がわかれば、あるいは……？」イーディスが言葉を挟むと、マリーナは首を横に振った。

「お買い上げになったのは、モンテナの建設会社、リージェン社のロウジ様。それからレスティア新聞のお偉方が取材用に三台お買い上げになって……あとは、あれは王室の筋の方ですわね。一台お買い上げになっておりました」

「よくご存じですわね……」グレイスが目を丸くする。

「わたくしも買おうか迷ったと申し上げましたでしょ」マリーナが笑う。

「わたくし、その場に居りましたの。ですからお買い上げになった方の顔は覚えております。……少なくとも、お買い上げになった方々は金髪ではございません」

「新聞社が怪しいんじゃないかしら」とグレイス。

「取材用のカメラを使って、記者の誰かが……」

「でもそれだと、上流か中流という、イーディスの証言から外れてしまいます。新聞社は社員に対してさほど羽振りが良くありませんから」

マリーナは冷静に言った。さながら探偵のようだ。

「金髪に緑色の瞳《ひとみ》。美男子……この条件でハインリヒさんに聞いてみるのもアリですが……、新聞社がイーディスを盗撮して、いったい何の記事を書くつもりなんでしょうか？」

共通の知り合いの新聞記者の名を出して、マリーナはさらに考える。イーディスも考えた。

「メイドの日常！　お休みのひと時！　……とか？」

「労働者の日常を取材した風刺雑誌は昔からございますけれど、常に『誰かであり、誰でもない』労働者像を扱ってまいりましたわ。特定の誰かを吊《つ》るし上げるなんてことはございませんのよ」

「そんなのまで読んでたの、マリーナ」グレイスが目を剥《む》いた。ひょっとすると、原作者よりマリーナの方がこの世界に詳しいかもしれない。

「娯楽雑誌が少なくて」マリーナは言い募った。「ロマンス小説など読むものではないとローズは言うし……」

「お嬢様のためを思ってのことです」話にあがったロージィが口を挟んだ。

「あんなものは読まないに越したことはありません。破廉恥な」

「ううう、何にしても、暇なんです！　ローズのけち！　ロマンス小説くらい良いじゃないの！」

前世は女子高校生（という設定）、情報にあふれた平成と令和を生きたのならこの世界は退屈で刺激も無くて暇なんだろう。気持ちはわかる。イーディスだって池袋や秋葉原に行きたい。

行けるものなら行きたい。

「話が逸れてしまったけど」グレイスが脱線した話を再びレール上に乗せる。「新聞社の疑いはハインリヒに聞くとして……」

「ロウジ様は発表会が終わってすぐ帰国されましたし、物理的に不可能です。そもそも彼は黒髪でいらっしゃいますわ」

「王室は？」

「それこそ、理由らしい理由がございません。王室の方はすなわち王様や王子様に新製品を献上するためにお買い求めになったのよ」

マリーナは頬に手を当てる。

「ですからカメラをお持ちになる男性がいらっしゃるとしたら、王様か王子様。仮に陛下か殿下がイーディスを見初《みそ》めたのだとしたら、写真なんか撮らずに直接従者を出すでしょう。そんな回りくどい真似をする必要がない」

「そ、そ、そんな、そんなことありえましぇん！」

慌てた上に噛《か》んだイーディスに「例えばの話よ」とマリーナは言い、続けた。

「ですから、昨日お買い上げになった御三方ではないような気がするのです。勘ですが」

「じゃあ、盗撮魔は誰だっていうの？」

グレイスが髪の毛をぐしゃぐしゃやろうとしているのに気づいて、イーディスはその手を掴んだ。グレイスは行き詰まると髪の毛をかき回す癖があるのだ。せっかく結い上げた髪をここで台無しにしてはいけない。

「……あるいは、ですけれど。クレセント社の縁者とか」

マリーナはハシバミ色の目を細めた。

「お姉さま……クラウディア様も、金髪に緑の瞳ですわ。ご家族であれば、カメラなどいくらでも手に入るでしょう。自社製品となればすぐに。それに、クラウディア様には弟さんがいらしたはず」

「そういえば、お兄様がそんなことを言っていたような……」

グレイスは膝《ひざ》の上でこぶしを作った。「でも、わたくしが知っているのは、弟がいるということだけだわ」

「弟さんは私たちよりいくつか年上でいらして……」マリーナが思い出すように天井を見つめた。「それで、あまり表には出てこない印象の方ですの。……以前お目にかかった時は、珍しいこともあるものだと思いました。覚えていらっしゃいますか、グレイス様。あの、私が醜態をさらしてしまったサロンの時」

「ああ、あの時？」

マリーナが得意のピアノを弾けなくなったあの日、咄嗟《とっさ》に「ロンドン橋」を弾いてしまったサロンの日――イーディスも随行した。あそこに、クラウディアの弟がいた？

「じゃあ、ご挨拶《あいさつ》したかもしれないわね。……でも、クレセントと名乗った人はいらっしゃらなかったような……お名前はなんて仰《おつしや》るの？」

グレイスが尋ねると、マリーナは、すぐさま答えた。

「クラウス・クレセント様です」

「クラウスぅ⁉」

令嬢は素《す》っ頓狂《とんきよう》な声を上げてのけぞった。

「なに、うそ、クラウスってあのクラウス？　違うでしょ？　いや確かに金髪に緑の目……だった、けど……」

「どうされました、お嬢様？」

青い瞳がふよふよと泳ぎ、イーディスを見つめた。

「ほら、あなた、勧めてくれたじゃない。サロンの時、『あの方とお話ししてみるのはどうでしょうか』って」

「あ、ええ、はい、言いました……って、え？」

マリーナ主催のサロンで孤独になりかけたグレイスに、歓談を勧めたことは記憶に新しい。

「でも、あの方は……ええっ⁉　違いますよ、違います、体形が！」

イーディスが見た盗撮魔は、すらりとした体躯《たいく》の美青年だが、あの時椅子に座っていた男性は、もっとふっくらしていたし、質量があったのである。

「お知り合いなの？」

マリーナが目を丸くして、グレイスとイーディスを見比べた。

「グレイス様の仰っている方は、クラウス・クレセント様で間違いないと思うけれど……」

「お知り合いもなにも……」

グレイスは歯切れ悪く言うと、何か考え込んでしまった。

「……、彼、家の名前は出さなかった。ただのクラウスと呼んでくれと。……、お話はとっても面白かったし、……ちょっとオタクっぽかったけど、いい人だったし……——」

「お嬢様？」

「なんでもないわ、……たぶん、気のせい」

グレイスは明らかに言葉を濁したが、気のせい、と言われると引き下がるしかない。

「でも、そのサロンでお会いしたクラウスさんは、たぶん盗撮魔じゃないです」

イーディスはようやく自分の紅茶に手を付けた。冷めていた。

「美青年で、めっちゃイケメンでしたし、何より、……その、痩《や》せていたし。似ても似つきません」

「なら、盗撮魔はクレセント社のクラウス様とは断定できませんわね」

マリーナがため息をつく。

「それにしても、盗撮だなんて。乙女の敵ですわ。天誅《てんちゅう》ですわ」

「美形だろうが何だろうが、怖いものは怖いですよね」

「……」

グレイスはしばらくイーディスとマリーナのやり取りを黙って聞いていたが、不意にひらめいたように立ち上がった。

「そうよ、クラウス・クレセントに会ってみれば済むことだわ」

「えっ」イーディスは令嬢を見上げた。「またあの大豪邸に行くんですか？」

「もちろん。イーディスと私、会えば一発でわかるわ。盗撮魔があのクラウスか、あのクラウスじゃないか。違ったら違ったでいいのよ。……これしかないわ」

「でも、クレセント社のクラウス様と、そのクラウス様は別人っぽいって話を今……」

「いいえ、確かめるのよ」

イーディスの指摘も構わず、グレイスは語気を強めて言った。

「確かめなきゃならない……」

「行くとすれば、女性だけで行くのは危険です。ヴィンセント様にお付き添いをお願いした方がいいかもしれません」

マリーナが言い添える。「イーディスに、盗撮をするような人かもしれないのですから」

「もちろんよ」

グレイスは鼻息荒く言い放つ。

「もし、もし本当にクレセント家のクラウスが盗撮魔だったら――インネンつけて、お兄様の縁談を破談にしてやるんだから」

「縁談。そういえば、この前聞きそびれましたけど、ヴィンセント様に――」

「そうなのよ。そうなのよ！　聞いてよマリーナ！　もう、本当に……――」

マリーナがいっそう目を丸くした。

話はずいぶん長くなりそうだ。イーディスは壁際のロージィに視線を送った。令嬢たちには、空っぽになってしまった紅茶のポットのお代わりが必要かもしれない。

4

「お兄様のご予定が空いていない、ですって?」

「はい」

執事トーマスはヴィンセント専用の予定表を捲《めく》りながらよどみなく答えた。

グレイスは諦《あきら》めずに食い下がる。

「いつなら空いているの? その日に合わせるわ。どうしても用事があって……」

「――当面、ございません。職務のない日はクラウディア・クレセント嬢との予定が入っておりまして」

マリーナの助言を受けて、男性の付き添いが必要と判断したイーディスとグレイスは、ヴィンセントに付き添いを頼もうと思ったの、だが……

「毎日デートって、何考えてるの、あの女は！」

「ま、まあ、幼馴染《おさななじみ》で積もる話もございましょうから……」

「それでも毎日はおかしいわ！」

自室で拳《こぶし》を突き上げて怒るグレイスだが、次第にしおれた花のようになっていく。

「おかしいわよ、こんなの……本当に婚約したみたいじゃない……何でよお……」

唇をつぐみ、黙り込んでしまったグレイスは、ベッドにうつぶせに倒れ込んでそのまま動かなくなってしまった。

「お兄様のばか。保留って言ったのに……」

涙の気配を感じたイーディスは、どうしようかと視線をさまよわせ、作業机として使われていたデスクの、綺麗《きれい》にしたばかりの彫り物を注視した。鳥の彫り物。花の彫り物……。そしてデスク上のインク瓶。瓶。

――あ。

ひらめいた。ひらめいてしまったが――あまり使いたくない手だ。だが、背に腹は代えられない。

「お嬢様。ツェツァン専務の予定を伺いましょう」

「え？」

「あれなら間違《まちが》いなく手を貸してくれます。間違いなく」

イーディスは頭痛をこらえるみたいに瞼《まぶた》を下ろした。

「本当は頼りたくないんですけど。緊急事態ですし、仕方ありません」

イーディスは正直、ユーリ・ツェツァンのことをどうあしらっていいかわからずにいる。あの「押し」がどうも苦手というか、

——なんていうか、解釈違いなんだよなぁ……。

イーディスはあまり恋愛に興味がないのだ。そして、「モテる自分」は「解釈違い」だと思っている。

——私がモテるのは、前世でも今でも、やっぱり違うと思うんだよなぁ……。

きらきらした恋愛の中心にいるのはグレイスやマリーナや、もっと言えばクラウディアのような、自信があって、見目麗しい花のような女の子たちであって……、イーディスのような道端の雑草ではない。

——ユーリもユーリだ、なんでこんな、あばただらけの、なんの変哲もないメイドを捕まえて、ああだこうだ……、なんで？

イーディスには全然わからない。何もわからない。

——あの顔であの声であの体格で、モッテモテで！　女の子なんかよりどりみどり選び放題なのによりにもよってなんで私なわけ？

「イーディス。全部声に出てるわよ」

グレイスは呆《あき》れたように振り返った。泣いてはいなかった。

「素直になったら？」

「素直ですよ、これ以上なく！」

イーディスは大きく息を吸って、ため息をついた。

「お嬢様、あれを頼りましょう。見た目も肩書も中身も立派ですから、きっと役に立ちます」

「……そうしましょうか。ツェツァン専務には毎回、お世話になりっぱなしですけれど」

グレイスが髪の毛をくるくる巻きながら、独り言のように言った。

「まあ、彼もうれしいでしょうし、ね。おあいこね」


『で、我《おれ》と女狐は、そのクラウスなにがしに新製品カメラについて尋ねたい。その通訳としてお前が行く。そういう設定でいくんだな』

見た目も中身も横柄な男は、貴賓室で待つ間、ソファに腰を下ろし、腕と足を組んでイーディスを見上げた。気分によって変わる髪型は、今日はポニーテールだ。

『その呼び方はやめてくださいって何度も言ってますよね！』

イーディスは彼の顔をじっとり睨《にら》みつけた。この男は人を動物に例えて揶揄《やゆ》するのが好きなのだ。

『何度も申し上げておりますが、専務――』

『グレイスフィール嬢はまだか』

『お支度が終わっておりません。お待ちを』

貴賓室にユーリを残してイーディスはグレイスの部屋へ走る。

「お嬢様、お支度を――」

「ああ、イーディス。エミリーのおかげでほとんどできたわ。あとは髪だけ」

サロンの時と同じピンク色のワンピースを纏《まと》った令嬢は、花飾りを挿すのに苦心していた。

「ねえ、うまく髪に挿せないの。挿してくれる？」

「はい、お嬢様」

イーディスはその銀糸のような髪に花飾りを挿す。令嬢が鏡を見ながら尋ねた。

「それで、専務はなんて？」

「普通に、乗り気です」イーディスは深々とため息をついた。「私たちの目的も、方針も、理解してくださいました。そもそもあの人も『こっち側』の人間ですし」

「良かった……」

グレイスが大きく息をつく。「専務のほかに頼る人もいないものね、私たち」

「ええ、そうですね」

イーディスは歯を剥《む》いてにやにや笑っていたユーリの、ご満悦と言わんばかりのご機嫌の顔を思い出す。

――あんまり借りを作りたくないんだよなあ、あの人《ユーリ》の場合……。

あまり頼りすぎると、また「イーディス・アンダントをわが社に寄越せ」と言われかねない。だから本当は使いたくない手だったのだが――グレイスの言う通り、イーディスにもグレイスにも、頼れる男性は少ない。ヴィンセントを除けば真っ先にユーリ・ツェツァンが出てくる。

――でも、なんだかんだ、頼めばちゃんと来てくれるんだよな、あの人。オルタンツィアに、縁もゆかりもないのに……。

「ため息なんかついてる場合じゃないわイーディス」

グレイスが振り向いた。「確かめるのよ。盗撮魔がクラウス・クレセントかどうか」

イーディスはため息をやめて深呼吸に切り替えた。令嬢は小さなバッグを携えて、「行きましょう」と小さな声で言った。

「クラウス・クレセント様にお会いしたいのですが、いらっしゃいますか」

グレイスがそう尋ねる後ろに、黒ずくめのユーリが悠々と構えている。その隣におまけとばかりについているイーディスを見て、クレセント家の執事たちは何の取り合わせだと思っただろうか。

――見れば見るほど珍妙よね、この三人組。

グレイスとユーリが各々名乗る。二人の執事はちらりと視線を交わすと、「少々お待ちいただけますか」と言い残して去った。

「以前、ヴィンセント様と訪問した時は一瞬で通してもらえたのに……？」

「あれは約束を取り付けていたからよ」

グレイスがイーディスの疑問に答えた。

「どんな家でもね、訪ねていって『はいそうですか、どうぞ』と通してくれる人の方が稀《まれ》なの。居留守なんかしょっちゅうよ。ですから、ツェツァン専務のように、イーディスで顔パス、みたいなことはできないの、ふつうはね」

——え。

イーディスは隣の黒マフィアを見上げた。ポニーテールの先を弄っていた男は、ちらとこちらに視線を寄越して『なんだ』と言いたげに首を傾《かし》げる。

——やっぱり、私の顔パスって普通じゃないのか……。

今回、ユーリを呼ぶにあたって、例によって「おねだりしていらっしゃい」と言われたイーディスは、一人でツェツァン社のレスティア支社に訪問したのである。その時は、顔と名前だけで通れる、いわゆる「顔パス」だった。最初に対応してくれた秘書がイーディスの顔を見るや、何も聞かないうちに「専務をお呼びします、お待ちを」と言ったくらいである。

『貴方《あなた》って、やっぱり私のこと、好きなんですか？』

『……知らなかったのか？』

ユーリが眉《まゆ》を上げた。『ずっとそう言っているはずだが』

『も、物好きか？』

素が出てしまった。ユーリはイーディスの返答を聞くや、唇を尖《とが》らせて目を細めた。

――すねてる？

『お前、我の何が気に食わないのか、言え。今すぐ言え』

『そもそも、私に恋愛が似合わないです、嫌です、解釈違いです』

『そんなくだらん考えはゴミ箱にでも捨てろ』

『私はお嬢様に一生お仕えしますからいいんです』

『実を言うと、拒否されるほど燃える。絶対にものにする』

『何言ってんだ』

また素が出てしまった。一回りも年上の男相手に。


小さな応酬をよそに、グレイスは一人、執事が引っ込んだホールの奥をじっと睨んだ。

「『いない』と言われたら引き下がるしかないわ。……まあ、音を上げるまで何度だって来てやるけど。オルタンツィアの妹のほうが訪ねてきて、出てこないっていうのもおかしな話――」

イーディスはユーリとの言い合いに飽きてきて、彼の肩口に見える肖像画に視線をうつした。

家族の肖像は精緻《せいち》な筆致で描かれた油絵で、椅子に座って女児を抱く奥方と、その隣に胸を張って立つクレセント氏。イーディスはしげしげとそれを眺め、それから強烈な違和感を覚えた。

「……あれ」

『どうした』

『いえ、……ヴィンセント様から、ご姉弟と伺っていたのに』

イーディスはさらにあたりを見回す。肖像画は一枚ではない。もっと若いご夫婦の肖像、クレセント氏らしい男児の肖像、更に遡《さかのぼ》ってクレセント氏の父母と思《おぼ》しき男女――。

「……クラウディア様の弟さんが……いないような？」

『……』

ユーリは黙り込んでイーディスと同じように視線をあたりに巡らした。そして小さく息をつく。

『まあ、そう珍しいことじゃないな――』

『え？　どういう意味……』


その時、奥からつかつかと執事が一人戻ってきて、こう告げた。

「クラウス様がお会いになるそうです、皆様がた、こちらへ」

「今、参ります」

グレイスがはきはきと答えた。イーディスはまだ何か言いたげなユーリを小突いてから、その後に続いた。

対面の時だ。


クラウス・クレセントその人は、以前通された上品な貴賓室――ではなく、少し小さな部屋で待っていた。調度品も装飾も遜色《そんしょく》ないものの、広大な屋敷の一室と思うと少し狭い。というか、以前通された部屋が豪奢《ごうしゃ》すぎたのだろう。

——この屋敷に来てから感覚がバグってる……。

イーディスは彼の顔を見た。緑の瞳《ひとみ》に金色の髪。通った鼻筋に薄い唇、細い線。美少年めいた顔立ちの……。

「ようこそ、皆さん」

その整った唇が言葉を紡ぐや、イーディスの頭の中は警告音でいっぱいになってしまう。危険だ。

『お嬢さん』

——ぎゃあーッ！　間違いない！

「違うわ」とグレイスが囁《ささや》いた。

しかしイーディスの頭の中は盗撮男でいっぱいだ。

「お、お嬢様……あの、」

イーディスが顔を青くして口をぱくぱくさせている間に、盗撮男が口を開く。

「ああ、グレイスフィール！　こうしてまたお会いできるなんて思ってもみなかった。訪ねてきてくれてうれしいよ。マリーナ嬢のサロン以来だね。元気だったかい、元気そうだ、何よりだ」

グレイスはそれを聞くや掌をくるんとひっくり返した。

「あっ、あのクラウスだわ……ああ、こんにちは、クラウス……ごきげんよう……」

——盗撮魔はクラウス・クレセントで確定……っていうか変わりすぎだわ！

イーディスはあの日見たふくよかな男性を思い浮かべた。確かにやせたらこうなるかもしれない。

かもしれない……たぶん。

「カメラ、話、聞きに来た。私、ユーリ・ツェツァン、よろしく、お願いする」

イーディスがフリーズし、グレイスが失速する中、頼みの綱ユーリが先陣を切る。

「以後、お見知りおきを」

優雅にレスティア式の礼をする背中がこんなに頼もしかったことはない。

「ああツェツァン社の。レンズの受注を引き受けてくださって助かりましたありがとうございます。あの繊細な形を再現してくださったのは御社だけでした本当にありがたかった。あのレンズなしにカメラは実現できませんでした」

——超早口！

「クラウス……その、かなーり、痩《や》せました？」

「ああ、ちょっとね。運動したり食事制限をしたりできる限りのことをね」

『速い、何を言っているか聞き取れない』

ユーリが不機嫌そうに言った。『もっとゆっくり喋《しゃべ》れ、何だいったい』

「あの、専務はもう少しゆっくり話してくださらないかと仰《おっしゃ》っています」

イーディスは思わず口を挟んだ。きらりとした瞳がこちらを一瞥《いちべつ》する。そこに視線に留《とど》めておけない何かがこもっていることに気づかないイーディスではない。

——ひいい怖いよ盗撮男！

「君はモンテナ語ができるんだ、知らなかったな」

――逆に私の何を知っているって言うんですか‼

イーディスは思わずグレイスの後ろに隠れる。よくよく見ればクラウディアによく似た美貌《びぼう》は、穏やかにそんな二人を眺め、そしてようやく椅子を促した。

「どうぞ、掛けて、三人とも」

「手軽に肖像画を作れたらと思ったんですよ、肖像画を描くためには時間と手間がかかるけれどカメラは違う、カメラは一押しで景色を切り取れる、実はこれは偶然発見した現象を手掛かりに機械の中で像を結ぶように工夫して」

――なんていう早口！

イーディスは途中から訳が追い付かなくなって、困り果ててユーリを見た。

『なんだか専門用語を使って熱弁していらっしゃいます』

『それは我《おれ》でもわかる』

イーディスの訳が止まっても、クラウスは止まらない。

「このフィルムに転写する、記憶すると言い換えても良いですね、その記憶させた画像を薬剤に浸《つ》けて少しするとその像が浮き上がるというわけです、そして数時間乾かせば出来上がるといった具合なんですが、これをもっと短縮できないかと思いまして」

グレイスだけが笑顔を取り繕ってそれを聞いている。

「コンセプトは『誰でも肖像画を作ることのできる新時代』です。このアイデアは前々から温めておりましたのでそれだけは譲れないと開発チームでも奮闘して」
「それは、サロンでもお話ししてくれましたわね」
「そう、そうなんだよグレイス、君の言葉があったから僕はこの技術を実用化まで持ち込むことができた！　試作段階のサンプルがある、たくさんあるんだ。君にもぜひ見てほしい。ちょっと待っていて」

言い放ったクラウスは上機嫌に「失礼」と立ち上がって貴賓室の外へ出ていった。この間五秒ほど。

「詐欺だわ」

扉がしっかりと閉まるやいなや、グレイスが呟《つぶや》いた。

「詐欺だわ。あんなになってるとは思わないじゃないの！　なんで痩せたの？　何があったの？」
「それよりも盗撮魔は間違いなくあのクラウス様です」イーディスは頬を押しつぶした。「間違いありません……声も顔も同じですし何より……こっち見る目が同じです」
『まあ、問題は証拠だな。証拠がないと詰められない』

音もなく紅茶を飲みながら、ユーリが黒曜石のような目を細める。

『貴方はすっかりくつろいでますね』

人の気も知らないで、とイーディスは頬を覆ったまま、横目で美丈夫を見た。視線に気づいたユーリはふと笑い、聞いてもいないのに語り始める。

『毒や薬の類《たぐい》が入っていれば一口目ですぐわかる。レスティアで手に入るその手の薬は限られているからな。少なくとも我のカップは無事らしい』

「え？」

――毒がわかるってこと？　どういうこと？

顔から内心まで読み取ったような口ぶりで、イーディスを見る。

『まあ。慣れだな』

『お前には無縁の世界だ』

どういうこと、と言いかけた矢先、席を外していたクラウスが戻ってきた。

「見てくれるかいグレイス、この写真は開発中に撮ったもので――」

机の上にばらまかれるように持ち込まれた写真は、どれもこれも白黒の写真で、風景や港町や、働く労働者や、街のご婦人や、あくせく外で働くイーディスや……。

――で、でたーッ！

こんなにあっさり盗撮の証拠が出てくるとも思わないし、まさかこんなにでかでかと写っているとも思わないし、ずいぶんと前から盗撮されていたようだなんて、認めたくないし。

さまざまな種類の驚きに各方面から殴りつけられながら、イーディスは目を剥《む》いた。

ユーリがすぐさまその写真に手を伸ばし、しばらく確認してから、その写真をクラウスの前にだん、と叩《たた》きつけて問うた。

「なんだ、これ？」

「あ、それはその」

「なんだ？　なぜ、メイド、写ってる？」

とても良い笑顔だ。捕まえた獲物をいたぶる猛獣でもこんな顔はしないだろう。どちらかと言えばそれは、威嚇に近い。実に高等なコミュニケーションだ。無害そうな笑顔の奥に秘められた殺意に、さすがのクラウスもことの重大さを理解したらしい。二重におびえるイーディスと怒りを発露させるユーリを見比べ、少し身を引いた。

「あ、いやその、それはたまたまで」

「たまたま？　たまたま、このメイド、写るか？　なぜ？　これ、うしろ、屋敷だ。オルタンツィア」

本当だ。イーディスの背後に写っているのはどう見てもオルタンツィア邸だ。たまたまイーディスが被写体になるのはあり得ない。なぜなら――オルタンツィアの庭に侵入でもしない限りこんな写真は撮れないからだ。

「うわっほんとだ……」

イーディスがドン引きして洩《も》らし、クラウスは首を振りたくった。

「ほんとにたまたまで！　たまたまです！　たまたま……」

「嘘をつくな」

「ひぇっ」

黒曜石のような瞳がギラリと光る。

――めっちゃ怒ってるうう。

「ほかに、サンプル。あるだろう？　もっとある、わかる。隠れて撮った写真、あるだろう？」

「あああの、その、あのそのあの」

クラウスは哀れになるほど体を丸めた。

「ワタシ、嘘、わかる。出せ。全部。全部だ」

「は、はひ……」


聞くや、クラウスは再び部屋を飛び出していった。そしてすぐさま戻り、十枚程度の写真をおずおずと差し出した。やはりイーディスが写っている。

――こんなにあるの……？　なんで……？

「試験段階で撮った写真はこれで全……」

しかしユーリは足をダンッと踏み鳴らした。クラウスが肩をそびやかし、グレイスがびくっと身を震わせる。

「ちょっと、専務……」

「全部出せ、言った。本当に、これ、全部か？　嘘、わかる、言ったぞ」

グレイスの咎《とが》める声は届かない。モンテナ男の鋭い眼光がクラウスを射貫いた。

「出せ」

クラウスはまた踵《きびす》を返し――イーディスは、ヴィンセントじゃなくユーリを連れてきて正解だったのではと思い始めていた。

——ユーリ、こわ……。

再び戻ってきたクラウスがさらに十枚ほど写真を出す。

「これで全部です、本当の本当にこれで全部だから許してください。ゆるして」

哀れになるほど怯《おび》えている。

『ハッ。本当にこれで全部だな。最初から全部出せばよかったものを』

吐き捨てるようにユーリが言った。イーディスは何も言えず、写真を眺めた。

イーディスとグレイス。イーディスとグレイス。イーディス単体。グレイス単体……。

「これは……わたくし？　わたくしのことも撮影していたの？」

グレイスも唖然《あぜん》としている。

「クラウス。なぜ黙ってこんなことをしたの⁉　なぜ、こんな真似を……」

「やっぱりその、す、す、好きなものを撮りたいじゃないか、どうせなら」

「すっ好きなものってどういうこと⁉」

グレイスが引き気味に立ち上がると、クラウスは膝《ひざ》をついてテーブルの上を見つめた。

「僕は！　君たちと出会えたことを運命だと思っているし女神の思し召しだと思っていてつまり」

息継ぎもせずに言い切ったクラウスは、それからものすごい速さでグレイスに這《は》いよって、その麗しい顔を見上げた。

「つまり僕は運命を信じているんだ」

そして。

「グレイスフィール。僕と結婚してくれないか。君なら僕を理解できると思う」

今度はイーディスの顎《あご》がぱっかーんと落ちた。

――いやちょっとまってなにこれ変化球すぎるじゃないのー⁉

跪《ひざまず》く盗撮男に手を取られて見つめられたグレイスはガビガビに固まっている。そりゃそうだ。アクセル全開のプロポーズは寝耳に水、そしていきなり降ってきた隕石《いんせき》に等しい。

「星辰《アストラ》の女神も嫉妬《しっと》する青だよグレイス。君の瞳《ひとみ》に魅せられて僕は自分を見直した、見直すことにしたんだ。醜い身体《からだ》を改造して、君に見合うようにして……僕は君の召使いになっても構わない。君に手綱を握られて生きていきたいとさえ思う」

――ちょっと何言ってるかわからない。

「つまり君のために何でもしたいと思っている。なんでもする！」

――あ、言い直した。

しかし、あの恰幅《かっぷく》の良かった男性がこんなにすらりとするのだから、並大抵のことではなかっただろう。そのためクラウスの言葉には変な説得力があった。

「女神は僕らを引き合わせた。それ自体が運命だったんだ、僕は」

そこでクラウスは、顎を落っことしているイーディスに視線をうつした。

「僕は運命を信じている。星辰……運命の女神の実在は否定されてきたが……僕は、いらっしゃると思っている」

——なんの話だかわからなくなってきた……。

クラウスが天井を示す。イーディスはつられて上を見上げた。

春夏秋冬のモザイクアートが彩られた壁に続くようにして、天井に女神を模したレリーフがはめ込まれている。星を宿した髪は宇宙を覆いつくす。レリーフから見切れるほどに長いそれは銀河を内包していた。女神が抱くのはこのレスティア……を含む水晶球だ。うすい膜の中に海があり、大陸が浮かんでいる。女神はその小さな小さな大陸をほそい腕に抱いており——。

——お嬢様に聞けば、詳細がわかるんだろうか？

などとイーディスが考えるくらいの空白の時間が流れた。しばし沈黙した後、クラウスは口を開いた。

「だから、君は僕と会ったことがある。……イーディス」

クラウスの緑色の瞳が真《ま》っ直《す》ぐにイーディスを見上げてくる。あまりに真剣なので、「そんな馬鹿な」と一蹴《いっしゅう》する余裕も隙もなかった。

「わた、し？　私ですか？　なんで？」

——あれ、そういえば私名乗ったっけ？

「そう。君が産まれてくるずっと前に、会ったことがあると思う」

「え？」

——この流れ、なに？

体と頭が、この現状に追いつけない。論理がめちゃくちゃで、なにが「だから」なのかもわからない。でも、「会ったことがある」。それをかみ砕くのに時間がかかった。イーディスはしげしげとクラウスの目を見つめ返し――そして。

『口説き文句にしては陳腐だな、この栗鼠《リス》男。腐れ××。××××。出直してこい』

美丈夫の口から飛び出したとんでもない下卑《げび》た語句にひっくり返りそうになった。

『ちょっとお!?』

ユーリはすました顔で紅茶を飲み干す。クラウスはイーディスの訳を待っているし、グレイスはグレイスでまだガビガビのままだし――とりあえずイーディスはお茶を濁すことにした。

「なんと申しましょうか、とにかくカメラの話をお聞きしたいそうです……！」

イーディスは笑いながらこめかみに青筋を浮かべた。

『何言ってるのよ！　ちょっといい加減に……！』

『イーディス。我《おれ》の女に手を出す奴《やつ》には容赦しないと伝えろ。今すぐ』

完璧《かんぺき》な笑みを浮かべる口元に反して、目は決して笑わない男が言った。イーディスはあまりの迫力に言葉を失った。突っ込みもいらだちも全てがその笑わない瞳の奥に吸い込まれていった。

『自覚がないようだが、イーディス・アンダント。……お前は我の女だ』

冷たいようで情熱的な言葉が耳朶《じだ》を叩き――長い腕が、イーディスの目の前の紅茶のカップをさらっていった。一息に飲み干し、乱暴に口元を拭《ぬぐ》うと、ながい長いため息をつく。

『――は、一服盛る度胸はないようだな、クラウスなにがし』

イーディスは空のカップの中を覗《のぞ》き込んだ。カップの底には、薄い色の三日月が残っていた。

「専務。まず、お話の続きをしてもよろしいかしら？」

グレイスがクラウスの手をやんわりとほどいて、手つかずの紅茶を前に言い放った。

「……なぜ、この写真がこのようにここにあるのか、わたくしたちにわかるように説明してくれる？　クラウス」

第三章

1

『なんであなたがついてくるんですか』

　オルタンツィア家、「グレイスフィールのためのアトリエ」には三人の人間が頭を突き合わせていた。グレイス、イーディス、そしてなぜかユーリが。

『お呼びしましたが、別にここまでついてこいとは言っていま――』

『いいアトリエじゃないか、作業もはかどりそうだ』

　イーディスのアホ毛がぴょんと跳ねた。

『そうでしょう！　そうなんですよ！　よかった、お嬢様のほかに褒めてくれる人がいないから……』

　ユーリはまた歯を剥いてにやにやしている。イーディスはハッと我に返って背伸びしていたつま先で気を付けした。いけない、調子に乗った。

『……素直に褒めたんだから素直にうれしいと言え』

『お褒めいただきありがとうございます』

『そうじゃない』

「二人とも、イチャイチャしてないで」

作業着に着替えてきたグレイスが腕組みをして立っている。

「これからのことを考えましょう」

「イチャイチャなんてしてません！」

イーディスが拳《こぶし》を突き上げたが、グレイスはそれを無視した。

「あんまりにもびっくりして、縁談を破談にするのを忘れたわ。それどころじゃなかった」

グレイスはぼやきながら、ユーリに椅子を勧める。しかしユーリは丁重にそれを断った。

「ここ、アトリエ、主《あるじ》が座る」

「お言葉に甘えて」

グレイスは座ってから「よっこいしょ」の言葉とともに大きなため息をついた。

「あんなにやせててあんなにイケメンになってるなんて思わないじゃない、そのイケメンに求婚されるとも思わないじゃない、ナニコレ、現実？　現実よね？　筋書きに書いてないんですけど！」

『何を言ってる？』

『クレセント家で起こったことについて、驚きのあまり我を失っております』

『うるさい、落ち着け女狐』

イーディスはすかさず高い位置にある肩にチョップを入れた。

「お嬢様、まずは落ち着いて……」

「落ち着いてるわよ！」髪をぐしゃぐしゃやりながら、グレイスは付け加えた。「イーディスが狙いだと思っていたのに、本命は私だったのね……？」

聞いて、イーディスは「あのあと」のことを思い返す。

「……その、どうしても、ど、どうしても好きなものを撮りたくて」

クラウス・クレセントによると、盗撮の理由は一貫してそういうことらしい。ユーリは一層笑わない刃《やいば》のような目でクラウスを見下ろし、それをグレイスとイーディスでたしなめた。

「二度と許可なしに撮影をしないと約束してくださいます？」

鬼のような表情のモンテナ男を後ろに背負ったグレイスに対して、クラウスはがくがくと頷《うなず》いた。

「わかった、わかりました、ごめんなさい」

「なぜわたくしたちを？」

「……いつも君たちに会いたいから」

グレイスもイーディスもお互いに顔を見合わせた。何が彼をそうさせるのだろう？

「……隠れて写真をお撮りになるのは、これきりにしてください」

グレイスがぴしゃりと言い、クラウスは「はい」と項垂《うなだ》れた——。

「なんでクラウス様って、ああなんでしょうね……」

ため息まじりのイーディスの言葉に、グレイスがだるそうに答える。

「マリーナのサロンの時、私とクラウスの間で、かなり話が弾《はず》んだのよ。それでじゃないかしら。彼はあの時からカメラの話を一生懸命私に聞かせてくれたわ。……人を乗せて空を飛ぶ乗り物を作りたい、とか」

「それって飛行機じゃないですか！　飛行機を作りたいんですか、あの方は」

「……そうなのよ。だから思いのほか話が盛り上がってしまったの」

グレイスは銀髪をぐしゃぐしゃとかき回した。

「それがまさかこんなことになるなんてね……」

ユーリが腕を組み、手ごろな壁に寄りかかった。

「あの男、ポンコツも、よく知っているようだ、警戒、する」

「ポンコツって何よ⁉」

またうれしそうにユーリが歯を剥《む》くので、イーディスはむぎぎ……と彼を睨《にら》みつけた。しかし嫌味なほど美しい顔は崩れない。特に効果はないようだ。

「確かに、クラウスはイーディスに対して、何か含んだような言い方をしたけど……、はいそこ、イチャイチャしない」

「イチャイチャしてませんっ」

『栗鼠男。あれは男の目だぞ』ユーリが付け加えた。『我の目の黒いうちは好き勝手させないが。

気を付けた方がいい』

イーディスも考え込んでしまった。確かにクラウスのあの目には、切実さと引力があって、だからこそ、

――目を逸《そ》らせなかったんだよね……。

サロンのやり取りでグレイスを好きになって――なら、わかる。だがクラウスのイーディスに対する視線が、解せない。

――あの人はなんで私を盗撮なんかしたんだろう。

考え込むユーリとイーディスを前にして、グレイスはだん、と机に手をついた。

「まず、問題が乱立していて話にならないわ。一旦《いったん》落ち着くべきよ、私たち。私は落ち着いてるけど」

『落ち着いている奴は、自分は落ち着いているなどと連呼しないが』

ユーリがぼやいた。イーディスは返事をしなかった。

「さて！」

グレイスはノートを持ち出してきて、そこへ箇条書きしていく。日本語だ。

「定期的に書かないと忘れるもの。それに専務も日本語がわかるでしょう」

ユーリが頷く。三人は頭を寄せるようにして、グレイスが書いた問題を共有した。

【問題点】
・お母様の隠していた借金のために、お兄様が借金を返済しようと躍起になっている。
・なぜか流れでオルタンツィア製紙が吸収合併されてしまいそうになっている。
・その延長で、お兄様がクラウディアと結婚してしまいそう。
・私は、それらが嫌。

その箇条書きのはるか下に、小さな字で一文添えられた。

・私はどういうわけかクラウス・クレセントに求婚されている。

「とりあえず盗撮魔は保留として」

グレイスが言う。

――保留ってお嬢様……。

「こっちよこっち。家とお金のことよ」

『意外と面倒だな』

ユーリが呟《つぶや》いた。

『金の問題はシンプルかつシビアな問題だ、わかりやすい上にこんがらがりやすい』

「簡単に言えばですよ、ヴィンセント様が借金を踏み倒して赤字で踏ん張る度量があるかどうかですよね。たぶんそこですよね」

グレイスは頭を抱えてしまった。

「そうなのよ。あるいは、『借金返したいんだけど、ちょっと待ってて』って言えさえすればいいの。クレセント氏はもう、言葉の通り解釈するんなら、借金のことなんか気にしてないんだから……」

「本当に気になるのなら、利益を得てから利子をつけて返せればいい話で……」

イーディスは自分の「金皿十枚」のことを思い出しながら続ける。イーディスのお給料から雀の涙ほどの金額がオルタンツィア家に返済されているのと同じだ。その規模が大きくなるだけの話である。つまり返済するならちょっとずつでもいい。ヴィンセントが、クレセント社相手にその交渉をできるかどうかの問題になってくる。

「要するに、常に、ヴィンセント様は会社や家のお金の心配をなさっておいでなのでしょうね。あのクレセント家のお二人の押しに負けてしまったのは、つまりそういうこと」

「そうよ、今やっている事業が軌道に乗るまで待って、くらい言えれば良かったのに……！」

敗北の苦みをかみしめるように令嬢が言う。クラウディア・クレセントに言われたことが尾を引いているのだろう。イーディスはいたましく思いながら、メモの一番下を見る。

「お嬢様、クラウス様とのことはどうなさるおつもりで？」

グレイスは頬を掻《か》いた。真っ白な肌をインクが汚した。自分が書いた日本語の、小さな文字を碧《へき》眼《がん》が追いかけていく。

クラウスになぜか求婚されている。

「……その、顔は好みよ。別に嫌じゃないわ。今日の距離の詰め方がちょっと急なのがびっくりしたけど。最初にサロンでお話しした感じ、嫌な人じゃなかったし。……盗撮は、するみたいだけど……」

イーディスは目を輝かせた。自分の恋愛は解釈違いだ。だけどお嬢様のロマンスは楽しい。懸念があるとすればそれがこじらせ盗撮男であることだが。

「盗撮さえしなければ、……そう、盗撮さえしなければ、私も応援できるんですけどね……なんか怖いし……今はちょっと……」

言葉を濁すイーディスに対して、グレイスは冷静だ。

「もちろん盗撮は大罪だし罰されるべきだと思うけれど、一考の余地はある……というか。身の振り方としてありよね、だって相手はあのクレセント社なのよ、イーディス、あのお屋敷を覚えているでしょう。あのクレセント社よ……、まあお兄様とクラウディア嬢のことがなければの話だけど」

グレイスは意外と理性的に今回のことを受け止めているらしい。嫌だとはねのけることもできる内々の場で、こうした外向きのことを言えるグレイスは珍しい……気がする。

『吸収合併まっしぐらだな』

次に口を開いたのはユーリだ。イーディスは即座に言い返した。

『そうならないように考えなければならないんでしょうが！』

『考えても埒《らち》が明かない、相手の方が大物でこちらより何枚も上手《うわて》だ、諦《あきら》めろ』

『ヴィンセント様を納得させてお屋敷も会社も元通りハッピーエンド！　それしか目指してません

から！』

『我《おれ》のハッピーエンドについても考えてくれ、イーディス』

『お断りしますぅー！』

ユーリはにやにや笑いながら、前のめりになっていくイーディスの額を指でこつんと小突いた。

『はは』

『なーに爽《さわ》やかに笑ってんですかこのド下ネタ男！　クラウス様がモンテナ語に堪能だったらどうするおつもりだったんですかー！』

『売った喧嘩《けんか》を後悔する男に見えるか？』

『……見えませんね。というか、嬉々《きき》として喧嘩売ってたし』

『だろう？』

一瞬、その爽やかな笑顔に丸め込まれかけた。

『だろう？　じゃないんだわ、それはそれで問題なんですよ、あなた一応専務なんですからもうちょっと身の振り方をですね！』

『自分の女に粉《コナ》を掛けられて黙っているような男に見えるか？』

『だーれが俺の女ですか、私は貴方《あなた》のことを心配《しんぱい》して言ってるのに……！』

グレイスは繰り広げられる早口の応酬を意味もわからず聞いていたが、どうも仲がよさそうなので敢えて何も言わなかった。できるなら自分を挟まずにやってほしい。

「まったく、誰よりもお似合いね、あなたたち」

イーディスにその言葉は届かなかった。

『――ところで、心配《しんぱい》するべきことがほかにあるんじゃないのか？』

「あっ」

そうだ、考えるべきことなど山ほどある。ユーリ・ツェツァンのことなんかどうでもいいのだ。

「まずはヴィンセント様の、お金方面の憂いを払わないといけないんですよね」

戻ってきた話を受け取るようにグレイスが口を開く。

「ティッシュペーパー、キッチンペーパーの生産は試験的に始まっていて、広告も手配してあるわ。あとは工場の稼働状況を見て人員を増やしたり、環境を整備したりするだけ……とはいってもこれが難しいんだけど」

「ショッパー、どうだ」ユーリが尋ねた。グレイスはよどみなく答える。

「好評で採算もとれているし、流行《はや》っているようなの。何よりだわ。……でも、デザイナーが私一人だけですから、受注できる数に限界があるのよ」

かたかたと机の上で指を動かしていたグレイスが、ノートに数を書きつける。

「私の方の事業だけでこれくらいは利益が見込める。だけど、お母様の借金を今すぐなんとかできる額ではない」

『女狐は何をしたんだ？　暗算か』

『その呼び方、』眉《まゆ》を吊《つ》り上《あ》げたイーディスに、ユーリがわざとらしく言い直した。

『今、グレイスフィールは何をしたんだ』

『ご存じありませんか？　そろばんです。慣れれば暗算のようなこともできますよ。私はできませんけど』

『そうか、知らなかった』

――同じ『流星の子』なのに、知らないこともあるんだな、この人。意外……。

ユーリはしばらくノートに書きつけられた数字を見ていたが――やがて口を開いた。

「以前、言っていた、ガラスペン、どうだろうか、ティッシュとセット」

「セット価格になりますから、そうですわね……検討していただけるなら、乗りたいお話ですわ」

イーディスもまた腕を組んだ。腕を組んでみてもたかがハウスメイド、何も考えられないからポーズではあるのだが、何もしないよりはましだろう。

「うーん……」

『セットは、ティッシュの有用性の証明にしかならない。金や数字にはならないだろう』

『そうなんですか？』

『そうでなければ、客としても買う旨味が無いだろう？　お前、おまけのティッシュの価格もまとめて払いたいか？　おまけはおまけではないか？　試供品と同じだ。試しに使わせてティッシュを知らしめることはできるが、利益を見込めるものではないな』

『確かに……』

そのまま訳すと、グレイスは真顔になってしまった。

「経済を回すのって難しいわね、つくづく。……大量生産の設備を至急整えることと、それから……」

「何かの方法で、とにかく、自社製品のいい宣伝ができればいいんですよね……」

いくら腕を組んでもイーディスの頭の中には何も降ってこない。数字を眺めても、天井を見上げても、いいアイデアが出ることはなく——グレイスが呟くまで、イーディスはポーズをとることしかできなかった。

「まず、流行の方から攻めるしかなさそうね」

「ショッパーですか？」

「ええ。マリーナに相談してみましょう。ショッパーを流行させた張本人に、次のトレンドを聞くのよ。何か解決の糸口があるかもしれない」

グレイスは立ち上がった。「便箋《びんせん》を持ってきて、イーディス。約束を取り付けるわ」

2

モンテスター家の広い庭には白いテーブルが用意され、ギンガムチェックのクロスが掛けられた上においしそうなスコーンが載せられた皿が置かれていた。

「ようこそ、お待ちしておりました」

マリーナが輝くような笑顔を見せる。イーディスはその柔らかな手をとってぎゅっと握手をした。

「マリーナ様、お久しぶりです！」

「『カメラ』ぶりね」グレイスが言う。「あの時は取り乱してごめんなさい、マリーナ」

「いいえ、女の子ですもの、誰だってそうしたことはございますでしょ」

マリーナは覚えがあるからか、特に気にした風もなく、二人を用意した椅子にいざなった。

「今日はお二人がいらっしゃると知ってからずっと楽しみにしておりました。おいしいお菓子とお茶を飲んで、楽しく女子会しましょうね！」

——マリーナ様にとってこれは女子会なのか……。

女子会はけっこうだが、今日の相談にはオルタンツィアの未来がかかっている。……とグレイスを見やれば、思いのほか目を輝かせてお菓子を見つめているではないか。

——そういえば、お嬢様のこんなお顔を見るのは久しぶりかもしれない……。

「おいしそうですね、お嬢様」

「そうね、お家ではあまり出ないお菓子もあるみたい、楽しみだわ」

思ったよりも、グレイスもこの日を待ちわびていたのかもしれない。

——いいかも、女子会風味でも。

「ラベンダーのハーブティーをお取り寄せしてみましたの。香りがいいでしょう？」

「華やかな香りですねもぐもぐ」

イーディスはバターたっぷりのクッキーを頬張り、ジャムの載ったスコーンを片手に、ハーブティーを飲んだり、忙しく口を動かしたりしながらもぐもぐと答えた。

「イーディス、お菓子は逃げないわ。そんなに急いで食べないのよ」

グレイスがたしなめる。

「レディたるもの、がっつかないの。あなた、これから会社が大きくなるにつれ、私の秘書もやるのよ、忘れないでちょうだいね」

「忘れておりませんもぐもぐ」

女子会ですから、イーディスも存分に食べていいんですよ！　と女神のようなマリーナが言うものだから、イーディスは全力でお言葉に甘えまくっていた。

「おいひい……」

「こんなに喜んでもらえるなんて。張り切って用意した甲斐《かい》がありましたわ」

マリーナも微笑《ほほえ》みながらイーディスの食べっぷりを見つめている。

なんといっても、メイドとして勤めていたらまず食べられない物ばかりだ。あたたかなスコーンに鼻から抜けていくラベンダーの香り。サクサクのクッキーに、あんずや苺のジャム……。

「イーディス……まったくもう。意外と食いしん坊ね？　あなた」

眉を下げるグレイスはしかし微笑んでいて、イーディスもつられてにっこりしてしまう。

――お嬢様はやっぱり笑顔が一番だなあ……。

「そういえば、グレイス様。前に申し上げておりました、コレクションの方をお持ちしますわ。お待ちになって」

「これくしょん？」

お菓子に夢中のイーディスはきょとんとする。「何のコレクションなんです？」

「見てればわかるわ」

グレイスは優雅に紅茶へ口を付けた。


「こちらです！」

マリーナが持ってきたのは、分厚く膨らんだノート数冊である。開くとイラストのスクラップが貼られている。膨らんでいるのは、全てのページに分厚い紙を切って貼っているからで——それが何冊もあるのだ。

「コレクションって……お嬢様の描いたショッパーの図案ですか？」

「そうなの！　お茶会でいただいたショッパーの絵柄を切り取って、ノートに貼っておくんです。日付と日記を添えてみたりしてね、見返すのに便利なのよ」

「本当にいっぱい集めたわね、マリーナ」

絵を描いた当の本人は、マリーナの熱量を前に苦笑している。

「私の描いたショッパー、これで全部かもしれないわ」

「わたくし、画家グレイスフィール様の絵でしたら、コンプリートを目指しておりますのよ」

うふふと笑うマリーナの目は本気《マジ》だ。

「熱烈なファンがいらっしゃいますね、お嬢様！」

「あら、熱心なファンといえば、クラウディア・クレセント様もそうなのですよ」

マリーナは頬に指を一本添えた。

「あの方はわたくしと競争をしておりますの。お茶会に行くのもショッパー目当てだとか」

「うそでしょ⁉」

グレイスが手をわなわなさせながら小声で呟《つぶや》く。

「あの女、そんなそぶり一度も見せなかったじゃない」

「クラウディア様は高飛車に見られがちですけれど、結構、乙女なのです」

マリーナが言い募る。

「非常に流行に敏感でいらっしゃる、可愛《かわい》らしいお姉さまだわ」

イーディスはマリーナのコレクションノートを一冊手元に引き寄せた。よれよれの表紙、薄い紙のページに糊《のり》付けされたショッパーの切り抜き。不格好に膨らんだノート……。

――せっかく「とっておき」を集めているのに、外見がこれだともったいない……。

「お嬢様、もしこの『ショッパー専用コレクションノート』みたいな……厚紙のノートを作れたら、一部の女子に受けませんかね？」

「コレクションノート。……作れないことも無いと思うわ。おそらくありものだと、画材用の紙を使うから……価格はちょっとお高くなるけど、顧客層を考えればまあ安い方かしら」

「いいですわね、専用ノート！」

マリーナが目を輝かせた。

「クラウディア様やわたくしほどではないけれど、皆さんも真似していろいろ試しているそうなの。そうしたノートがあったら、飾り甲斐《がい》もあるし、素敵だと思う！」

「ショッパーだけじゃなく、絵ハガキでも良さそうね。応用が利きそう。待って、メモを取るから。——ちょっと分厚い紙で作ったノートね……」

「それに、これからカメラも出回るでしょうし、新聞にも写真が載るようになりますわ。スクラップブックの生産は、ありです。おおありです。わたくしも何か協力したいです！」

——ん？

令嬢たちの高い声を聞きながら、イーディスは食べかすだらけの口元を放置して腕を組んだ。頭の中に何かがぐるぐる渦巻いていて、引っかかる。手ですくい取れない何かが渦巻いている。

——この感じ、何かに似ているような。なんだっけ。

「素敵な写真が撮れたら、やっぱりとっておきたいですもの」

「この時代にはスマホもパソコンもないし、メモリーカードもないものね」

「そう、そうなの。素敵な夕映えを残せないのはすごく残念。カメラもカラーになるには時間がかかりそうですし……」

「カラー写真が出てきたらそれはそれでいいわね。取材がはかどりそう」

「絵画業の？」

「ええ。……ネットがあって、資料が膨大に出てくるようになる頃には、私たちお婆ちゃんになっていそうだけど。カラー写真が出てくれば革命よね」

「ええ、そうですわね」

――あっ！

「ああー！　あれだ！」

イーディスは腕をほどいて、ろくろを回すように手をわきわき動かした。

「なんだっけ、あれ、なんでしたっけ、あれ。あれですよ」

「あれって何？」

グレイスが首を傾《かし》げる。マリーナもきょとんとこちらを見ている。イーディスはひとしきり手でぐるぐる無いろくろを回し、クッキーを一枚食べ、口の周りをナフキンで拭《ぬぐ》ってから、また聞いた。

「パフェとか、綺麗《きれい》な夕日とか、ちょっと珍しいごはんとか、よく写真に撮ってSNSにアップしましたよね？　前世で。あれ、なんて言いましたっけ」

「SNS映え？　それともエモ？」

さすがマリーナ。はやい。

――それだーっ！

イーディスは勢いよく立ち上がった。

「それそれ、それですよ、映えです、エモです、時代はコ、レ、ク、ショ、ン、。ショッパーと同じようにそれを流行にしちゃうんですよ！　コレクションノートをSNSにしちゃいましょう！」

「何を言ってるか全然わかんないわ！」

グレイスがあきれ果てたような声を上げる中、マリーナもわっと立ち上がった。

「素敵ですわね！」

「え？」

「自分なりの映えを、プロデュースできたらきっと楽しいわ。現存のノートでもよろしいですけど、見栄えが悪いでしょう？　ですから、コレクション専用の自分のノートを作って持ち寄りますの、それを見せ合いっこしたらお茶会もおしゃべりもはかどりそう」

「えっ？」

「でしょう、グレイス様」

「そ、そうかしら。そうなのかしら……？」

マリーナは非常に乗り気だ。イーディスもうんうん頷《うなず》く。

「何よりお話のタネになるかと思います。ご家族との思い出を記すもよし、ショッパーの切り抜きを貼るもよし、普通のノートとして使ってもよし！　このアイデアを、クラウディア様に、売りましょう」

「ええっ⁉」

グレイスが声を上げた。「うちで売るんじゃなくて、クラウディアに売るの？」

「そうです、きっとクラウディア様なら買ってくださるはずです！　オルタンツィアは、クレセント社の下請けとして、この特殊なノートを生産するんですよ。そうすれば……ウィンウィンじゃないですか？」

イーディスは確信とともに机をとんとん叩《たた》いた。

「これからカメラが富裕層で流行《はや》ります。ショッパーが流行ったのと同じように流行るでしょう。そこに専用ノートがあれば、こぞって皆さんお買い上げになるのでは？　それが使い勝手の良いノートであればあるほど、クラウディア様にとっても益になりますし、それに、クレセント社との繋《つな》がりを作りつつ、利益を上げる目算が立てば、ヴィンセント様の憂いも少しは払えるんじゃないでしょうか？」

イーディスは早口で言い切った。そして、二人の顔をそれぞれ見た。マリーナはハシバミ色の目を輝かせ、グレイスはあんぐり口を開けている。

「婚姻ではなく、事業で二社をくっつけちゃえばいいんですよ！」

「すごいわイーディス！」

マリーナが手を叩いた。「女社長みたい！」

「ただのハウスメイドでございます、マリーナ様」

「……ほんとにすごいわね」

イーディスは胸を張った。

「お客様がお求めになるサービスをご提案することが私の得意分野でございますので。……あのクラウディア様が買わないわけがありません。買わせてみせますとも」

「やけに自信満々ですけど、その点本当に大丈夫なの、イーディス」

「――というわけでマリーナ様、広告塔をお願いしてもよろしいでしょうか？」

グレイスが無言で、盛大にずっこけた。

「もちろんです！」とマリーナ。

「あなたがやるんじゃないのね……」

グレイスは苦笑いを浮かべ、気を取り直したように背筋を伸ばす。

「私、良くも悪くもハウスメイドですから、お嬢様がたのあれこれには手出しできません。ですから、モニターはマリーナ様にお願いするのが一番かと。このアイデアの顧客層に、ハウスメイドは入りませんので……」

「あら、イーディスも作ったらいいじゃない、自分のコレクションブック」

マリーナがなんてことない風に言い、口に手を当てた。

「イーディスだけで作れないなら、グレイス様と一緒に作るのもありじゃないかしら？」

「一緒に？」

グレイスとイーディスは顔を見合わせた。

「そうよ、そうして見せ合いっこしましょうよ！　ね、いいでしょう、サンプルだっていっぱいあった方が、迫力がありますし！」

マリーナはこのアイデアが本当に気に入ったらしい。広告塔に大うけしているところを見るに、手ごたえはあるに違いない。

「……そうね。そうですわね。やってみましょうか。まず、お兄様に話を通して、スクラップ用のノートを試作しなくては」

イーディスには確信があった。クラウディアは必ずこのアイデアを買う。いくらになるかは知らないが、相応の金額で買ってくれるだろう。少なくとも彼女には経営者としてのプライドがあるし、認めたものを安く買い叩くような人じゃないはずだ。

それができなくとも、オルタンツィアの新しい目玉商品として売り出すことができるだろう。写真革命が始まるのに合わせて売り出せればいい。マリーナやユーリに協力を仰いででも、売ってみせる。

――そうすれば、ヴィンセント様も、借金のための義理で、結婚を急がなくてもよいと思ってくれるかもしれない……。

イーディスは残っていた紅茶を口に含んだ。すがすがしいラベンダーの香りが鼻から抜けていった。

――よし。やるしかない。やると決めたから。

斯《か》くして、イーディスとグレイスの、「映え」と「エモ」を探求する日々が始まるのである。

イーディスが自室に戻る頃には日が暮れており、すぐにグレイスたちの夕餉《ゆうげ》の時間となった。イーディスはその給仕を手伝い、片付けを行い、それから食器を磨いて、さらに寒さに備えて暖炉の薪を足しておき……さまざまの雑事をこなしてへとへとになって部屋に戻る。

地下の寒々しい部屋がイーディスを迎える。――が、部屋はいつもと違っていた。

「あれ」

机の上に、緑色のリボンを掛けられた軟膏《なんこう》の瓶が置いてある。

『手を大事に』

そう一言だけ書かれたメモが添えられていた。字から、屋敷の主《あるじ》ヴィンセントのものだとすぐにわかった。几帳面《きちょうめん》で神経質そうな字は、ヴィンセントの部屋でよく見かけるものだ。

「……旦那様《だんな》」

旦那様は、何を考えていらっしゃるのだろう。イーディスは小瓶を握りしめて、しばらく考えてから、きつい蓋《ふた》を開けた。傷口に軟膏はしみたが、この薬がよく効くことをイーディスはよくわかっていた。

――旦那様ご自身は、縁談についてどう思っていらっしゃるんだろう。

そういえば、彼の心境について全く触れずに考えていた。本人の気持ちはどうなんだろう。好きな人や気になる女性はいないいんだろうか？

イーディスは狭い部屋を今一度見渡した。灯《あか》りは少しずつ物が増えてきた部屋の隅々までを明るく照らすことはできないけれど――イーディスはこの部屋に愛着すら覚え始めていた。

「旦那様は、どうお考えになっているんだろう……」

呟いて、ベッドの上に体を投げ出す。あまり柔らかくないベッドの感触を頬に受けながら、疲れたメイドは目を閉じ、そのままうとうとと眠りにおちた。

塗り薬をすり込んだ手がほんのり光る。見る間にイーディスの傷だらけの手を治していく。常識も物理法則も超えたそれは、天馬祭にまれに降りると言われる女神の祝福なのだが、イーディスはそれを知る由もない。

3

ヴィンセントは困り果てていた。妹、グレイスフィールが「カメラ」が欲しいと言い出したのだ。

「開発されたばかりの、すごく高価なものなんだぞ、わかっているのか」

「承知の上ですわ。でも、どうしても新事業に必要なのです。……お借りするだけでもかまいません。とにかく、写真を撮りたいのです」

グレイスのまなざしは険しい。鏡の中にいる自分の、焦ったような顔つきに少し似ている。こんなところまで似なくともいいのに。

花のように笑っているだけでいいはずの、来《きた》るべき婚礼を待つ令嬢の顔とは思えない、張りつめたような表情が痛々しい。

いや、……グレイスにこんな顔をさせてしまったのは、自分か。

「……新事業とは？」

「今は内緒です。形になったらお見せいたします」

「この前作っていた分厚いノートと何か関係があるんだろう」

「そうですわ。おおむねその通りと言えます。ですが、秘密ですの」

「……わかった。クラウディア嬢に掛け合ってみよう」

ヴィンセントは妹の賭《か》けに乗ることにした。


「カメラが欲しいのね？　よろしくてよヴィンセント。貴方《あなた》になら何台だって譲ってあげるわ」

「代金は……」

「充分すぎるほどいただいておりましてよ、わたくし。今もね」

そうしてヴィンセントは今日も、クラウディアの「アーガスティン視察」に付き合っている。利き手でない方の左腕には、クラウディアの腕が絡みついていた。

「市場《しじょう》を知ることが一番ですもの、あなたも世界を見るべきよ。わたくし、どんなに忙しくても、必ず週に一度は外に出ることにしているの。時間を作ってね」

「――クラウディア。君をエスコートするのは構わないんだが、『御付き』や『目付』はいらっしゃらないのか」

未婚の女性には、――特に結婚相手を探す場など、異性と触れ合う機会がある場合、必ず親族や『目付』、あるいは『御付き』が付き従って行動を監視すると言われている。クラウディアにはそれがいないのだ。

「それだけ貴方が信用されているということ」

クラウディアはにっこり微笑《ほほえ》む。

「そして、わたくしと貴方がうまくいくよう皆が願っているということ」

ヴィンセントは言葉を失った。ヴィンセントが思っているよりも、クレセント家はこの婚姻に乗り気だということだ。

「いやね、ヴィンセント。真に受けないでちょうだいな。お父様や使用人やあれやこれやが、わたくしたちの結婚を願っていることがそんなに嫌なの？」

「嫌、というわけでは」

どうしても、言い訳じみた言葉になるのが情けない。

「君は、美しいし、教養もある。何より会社を回す腕は僕より堪能じゃないか。嫌な要素は一つも……」

「ならどうして、曇ったお顔をするのかしら。好きな女の子がいるのかしら」

脳裏に、あるハウスメイドの顔が過《よ》ぎった。

彼女に向ける自分の意識に、「好き」という名前を与えられた瞬間に、ヴィンセントは顔が沸騰しそうになった。思わず、片手で顔を覆う。

クラウディアはヴィンセントの腕に縋《すが》りついたままそれを見ていたが、やがて目を細め、眉《まゆ》を下げて笑った。

「なるほどね。……そうなのね、ヴィンセント」

「いや、違う、たぶん、……そうじゃない」

「そんなに否定することないじゃない。顔に出ていてよ」

クラウディアはするりと腕をほどくと、ヴィンセントの正面に立ち、その顎《あご》を指先でつついた。

「真っ赤。思いを寄せている女性がいるのね」

「……」

「あのね、ヴィンセント。実のところ、わたくし自身は結婚を急いでいるわけではないの。お父様は大急ぎみたいですけれど。……まあ、貴方はきっとわたくしの良いパートナーになってくれると思っているわ、だけど、もうすでにほかの御方のことを想っていらっしゃるのなら話は別よ。だって、気持ちのない結婚なんて嫌ですもの。そう思わない？」

「クラウディア……」

「わたくしは、貴方やオルタンツィアといい関係が築ければいいと思っているわ。心からね。吸収合併しようが、しまいが、わたくしの気持ちは変わらない。問題は貴方の心の持ち方。気持ちの持ち方でしてよ、わかっていて？」

ヴィンセントはつんつんと顎をつつかれて一歩後ずさった。クラウディアは笑い、離れた分の距離を見下ろした。

「貴方の気持ちの整理が……うまくつくよう、願っているわ」

クレセント社の車に送り届けられて、ヴィンセントは帰宅した。メイド長キリエを筆頭に、メイドたちが出迎えてくれる。

「おかえりなさいませ」「おかえりなさいませ、旦那様」

「ああ、ただいま。……グレイスは？　キリエ」

キリエが静かに頭を下げる。「お嬢様はアトリエにて作業をなさっておいでです」

「なるほど、……イーディスは？」

「い、イーディスでございますか？　厨房《ちゆうぼう》で片づけをしておりますが、……旦那様？」

「厨房か」

「あの、旦那様……！　厨房は使用人の場所でございますから、」

「わかっている」

キリエの言いたいことはよくわかっている。自分の行く場所ではないというのだろう。

しかし、そこに行かなければ会えない少女がいる。


厨房はやはり少し暗くて、水の匂いがした。油のはねたあとの残る床を踏みしめて、ヴィンセントはその小さな背中を見た。長袖《ながそで》を肘《ひじ》まで腕まくりして、泡だらけの桶《おけ》に腕を突っ込み、がちゃがちゃと食器を洗っている。ヴィンセントはその小さな背中に静かに声をかけた。

「イーディス」

「わ、わ？　旦那様！　どうしてこんなところまで……」

跳ねるように振り向くメイドの緑の瞳《ひとみ》が、暗がりできらりと光る。少なくともヴィンセントにはそう見えた。

「カメラをグレイスに頼まれていたんだ。グレイスは今集中しているそうだから、お前に渡そうと思って」

「あ、お嬢様のカメラでございますね！」

イーディスはぱっと顔を輝かせた。ヴィンセントはそれを見て——先ほどのクラウディアの言葉を思い出している。

『真っ赤。思いを寄せている女性がいるのね』

イーディスはメイドだ。そして自分は社長であり、家の当主だ。身分が違う。生まれも育ちも違う。本来結ばれることのない、交わることのない運命だ。

だが——。

『いいこと、ヴィンス』

乳飲み子のグレイスフィールをあやしながら、母が言っていたことを思い出す。

『幸せというものは目に見えないものよ』

母は深い青の瞳をヴィンセントに向けた。ヴィンセントは読んでいた本を閉じて、母の言葉を傾聴する。

『目には見えないのに、幸せだってどうしてわかるの？』

赤子の手が母親の指を掴《つか》む。その小さな、力強い手に、母の顔がほころぶ。

『そうね。……幸せというのは、目には見えないものだけど、そこに確かにあるものよ。形にはならないものなの。でも、ある時は、あるとわかるもの』

『むずかしい』

『そうね、心で感じるものだから、難しいかもしれないわ』

母は笑う。

『お母様はね、今とっても幸せ。ヴィンスと、グレイスと、お父様といられてとっても幸せ』

母の腕がヴィンセントの背中を抱いた。赤子の頬が近かった。ヴィンセントは、母がそうしたように赤子に指を握らせた。妹はぎゅうっと兄の指を握りしめた――。

『貴方が幸せだと思ったその時、隣にいる人が、貴方の大事な人、かけがえのない人になるでしょう。……お母様は、貴方たちが何よりの宝物よ』

ヴィンセントは瞼《まぶた》を下ろして、母の鼓動を聞いた。妹の寝息を聞いた。そして――。


――母上。今、意味がわかりました。

ヴィンセントは泡だらけの手を慌ただしく洗って、エプロンドレスで水分を拭《ぬぐ》っているメイドを見下ろしながら、ゆっくりと微笑んだ。

――僕は今、幸せなんです。

「……これでよしっと。あ、旦那《だんな》様。先日はその、お薬をくださったこと、ありがとうございます。

実はお薬をほかのメイドに譲ってしまっておりまして、自分の分が無かったのです、なので、とても有難かったです。びっくりしました。すぐに治ってしまったので……！」

見てくださいこの手、とイーディスが傷のない手を見せる。ヴィンセントは微笑んだ。

「……そうか、よかった」

カメラを受け取ったイーディスは、それを捧《ささ》げ持《も》つようにしながら、しげしげと真新しい製品を観察した。

「あと、カメラなのですが、これはいったいおいくらでいらっしゃるんでしょう？」

「クラウディア嬢は無償で譲ってくださった」

「ええっ⁉」

帽子からはみ出た髪の毛――寝ぐせだろうか、ぴょんぴょん揺れるそれが彼女の心境を表しているようで、ヴィンセントは笑いをこらえきれなくなる。何よりも正直な髪の毛だ。

「あ、旦那様――」


カシャ。


イーディスはシャッターを切ってから、言い訳するみたいに付け加えた。

「あ、あの、子供みたいに無邪気に笑っていらっしゃったのでつい……」

「僕もやってみたい、貸してくれ」

「ここ、厨房でございますよ?」

「いいんだ」

ファインダーを覗《のぞ》き込む。カメラ越しにイーディスの緑色の瞳をとらえたヴィンセントは、小さく呟《つぶや》いた。

「――どうか笑ってくれ、イーディス」


「――いいわね、この写真」

クレセント家で現像されてきた写真の束を選別していたグレイスが、不意に声を上げた。

「誰が撮ってくれたの、イーディス」

「あ、それは旦那様が、カメラをお試しになりたいと仰《おつしや》ったので、私がたまたま被写体に」

「お兄様、写真の才能があるわ。こんなに魅力的なイーディスを撮れるなんて」

「うーん、そうですかねぇ……?」

写真を見せられても解せない。何の変哲もない、にこにこと笑っているイーディスである。何が令嬢の心をそんなに動かしたのだろう?

「何言ってるの、このイーディス、メイドじゃなくて普通の女の子の顔をしてるじゃないの」

「えっ? そうですか? そんなに?」

「お兄様は写真家として開業すべきね」

グレイスはふふふと笑って、「採用」とその写真をボックスの中に入れた。

『いるか、女狐、イーディス』

その時、ノックもせずにバーンとアトリエのドアを開けたのは、最近足しげく通っているユーリ・ツェツァンである。イーディスは拳《こぶし》を握って振り上げた。

『出たな妖怪被写体男《ユーリ》！　遊んでないで仕事しなさいよ！』

ここのところあんまり頻繁に会うので、イーディスの敬語も抜けてきてしまった。今じゃもう、幼馴染《おさななじみ》に利くタメ口みたいになってしまっている。メイドとしてはしたない、いけないと思いながらも、気づくと扱いが雑になってしまう。

——なんなのこいつは！

『何を言う、我《おれ》の肉体美をここで活かさずして何とする。一八〇センチ超、脚の方が長いぞ。モエだかエモだか知らないが、忙しい仕事の合間を縫って、こうしてモデルとして来てやってるんだから、少しは喜べ』

『なんなんですその過剰な自信。自己肯定感高すぎか？』

確かにユーリはモンテナの伝統的な衣装や、レスティアの古き良き礼服など、さまざまな衣装を持ってやってくる。モデルとしては申し分ないのだが、いかんせん、しつこい。

『持てる物を誇らないでどうする。この体を与えてくれた女神に申し訳が立たないだろう？』

もう一度言う、しつこい。

「このままじゃ専務の写真集になっちゃうわ」

グレイスも呆《あき》れている。

「見開き一ページまでにしましょう、お嬢様。確かにこいつはかっこいいですが全部をこいつで埋める必要はないですから」

「こいつ呼ばわり……仮にも他社の専務よ、イーディス」

「……なんだか馬鹿らしくなっちゃって」

『さあ撮れ、遠慮なく』

撮影用に持ち込んだ椅子に深々と座り込んで長い足を組んでみせたユーリを見て、イーディスはしぶしぶカメラを持ち上げた。

『「俺に敵はいない」みたいな不敵な笑みってできます？』

『任せろ』


そうして撮られた一枚が、コレクションブックの最初の頁《ページ》に貼られることになるのだが、それはまたのちの話になる。


ほどなくしてクラウディア・クレセントの名でお茶会の招待状が届いた。

マリーナと示し合わせ、グレイスは成果品をクレセントの庭に持ち込む。会場には女性ばかりではなく、黒髪のモンテナ人や（もちろんユーリもいる）、ヴィンセントなどの中小企業の社長らの姿も見える。この前の発表会の続きのような位置づけなのかもしれない、とグレイスは言っていた。

「いわばカメラの売り込みね。出資者も欲しいだろうし、買い手も欲しいだろうから。もう少し安価に生産できるようになれば、中流階級にも出回るだろうし……」

グレイスはしっかりとドレスアップして武装している。お嬢様の武装はいつも、持って生まれた美貌《びぼう》を最大限に引き立てる。派手すぎず、地味すぎないセレクトは、メイド長とメアリーが見繕ったものだ。

一方イーディスはハウスメイドとばれない程度の借り物の訪問着を着ている。手の傷が綺麗《きれい》に治ってくれたおかげで、手袋をしなくともよかった。あの薬がよく効いたおかげだ。

――それにしても、成分が変わったのかな。やたら効きがいいような……。

グレイスはまっさらな手を眺めているイーディスから視線を逸《そ》らして、主戦場となるクレセント家の中庭をぐるりと見渡した。

「誰もかれも商談のタネを持ってきてるはずよ。ここで私たちもぶちかますってわけ。準備は万全。あとはマリーナがどれくらい人心を掴めるかだけど」

「マリーナ様ですから、きっと大丈夫ですよ」

そうは言ったものの、どんどん不安になっていくイーディスである。

――売り込んでいかなきゃいけない、「これ」を……。

袋に入れてしっかりと抱きしめたそれが今回のお茶会の鍵《かぎ》を握っている。ひいては、オルタンツィア社に向かい風が吹くか追い風が吹くか――あらゆる機運がこのノートの出来栄えにかかっていた。

——なんとしても、クラウディア様に気に入っていただかないと！

緊張の面持ちのイーディスを見てから、グレイスは、マリーナの黒髪を探した。

「まあ、あの子は主人公《ヒロイン》だから無敵よ」

「見てください、皆さま。お手紙でお知らせしたものはこちらなんですけれど」

マリーナはさっそく取り巻きやお友達を集めて、「最近の趣味」としてのコレクションブックを広げていた。グレイスとイーディスもさりげなく輪の中に加わっていく。

「それはなんですの？」

誰かが訊《き》いた。マリーナは緩やかに笑った。

「コレクションブックですわ。自分の特別をデザインするのです。こうやってまとめておくと、このコレクションブック自体が宝物のような気がしてくるわ」

マリーナのコレクションブックには、貼り直したショッパーの切り抜きや、季節の押し花、色とりどりの色紙を切ったものが貼ってあった。丁寧な字で日記なども書いてある。華やかで上品で、なにより、

——女子力たっかー！

「マリーナさま、こちらの丈夫なノートはどちらからお買い求めになったの？」

「表紙の色合いも素敵。ひょっとしてこの表紙はグレイスフィール様のイラストかしら」

令嬢たちが口々に質問をする。マリーナがグレイスを見つめた。

「うふふ、そうよ。オルタンツィア製紙のグレイスフィール様が特別に作ってくださったの。今開発中の新商品。ですよね、グレイス様」

「ええ。今は、改善を重ねてもっともよい形にしようと考えておりまして。こちらはサンプルとして、マリーナ様にご協力いただいたものですの。いかがかしら？」

グレイスは涼やかな瞳《ひとみ》で令嬢たちを見回した。

「他にも、実際に使ってくださる方を募集しております」

「わたくしも一冊欲しい！」

「わたくしも！　表紙が藤色のものがあったら欲しいわ」

「藤色ですわね、カラーバリエーションに加えましょうか。他に欲しい色はございますか？」

グレイスが素早くメモを取っていく。乙女たちは色めき立ち、好きな色を挙げていく。ピンク、赤、橙《だいだい》……。

すでに乗り気のご令嬢もいらっしゃるようだし、好感触だ。その声を背に受けるようにして、イーディスは今だとばかりに、グレイスに鞄《かばん》の中身を差し出した。

「お嬢様、こちらを」

「ありがとう、イーディス」

グレイスは自分で作った「サンプル」を広げてみせた。

「これはわが社で作ったサンプルです。こうして……写真を貼ることもできます。このコレクションブックは『雑誌』をコンセプトにいたしました」

見開きの一頁めには、挑戦的なまなざしのユーリ・ツェツァンが載っている。見出しは『レスティアへの野心、ツェツァン社の専務に聞く経営術』。もちろん、このためにちゃんとインタビューもやった。イーディスがインタビュアー、書き取りはグレイスだ。

その代わりかなり長い時間、「絶対に通訳としてツェツァン社に来い」と口説かれたが。

「きゃーっ！」

マリーナが突進せんばかりに距離を詰めてきた。そしてグレイスの手からサンプルを押しいただくと、齧《かじ》りつくように読み始める。令嬢たちは我先にとマリーナの後ろに回り込んで、その雑誌風コレクションブックを見つめた。

「本当、雑誌みたい」「これは写真？」「これが写真なのね……」

「こういうの！　こういうのが読みたいのよわたくし！」

マリーナが嬉々《きき》として次々ページを捲《めく》っていく。アニー、シエラたちの休憩のようす。

『ハウスメイドの一番の楽しみは、料理長がこしらえてくれる気まぐれサンドイッチ！』デアンが教えてくれた「フィッシュバーガー」のレシピも載せている。

庭の木を剪定《せんてい》する庭師のジョン爺《じい》。孫のリタ。『樹と対話することと、孫の世話が日課です』インタビューにはかなり苦労した。ジョン爺はとっても耳が悪いからだ。

さらに、グレイスフィールのアトリエ。『イマジネーションの源は、仕事と日常の間にある』デザイン中のショッパーの没案や、デザイン中の苦労話も載っている。『でも一番は、顧客の笑顔』

そしてイーディスの無邪気な笑顔。『ここが私の家です』

最後を飾るのは、微笑《ほほえ》むオルタンツィアの社長、ヴィンセントの美しい顔だ。

ヴィンセントにインタビューしたのはグレイスなので、イーディスはその内容を知らない。けれどマリーナは目を輝かせてそれを読み、グレイスに差し出した。

「きっとクラウディア様も気に入ってくださいます！」

と、そこへ。

「あら、お呼びかしら」

「クラウディア様、ごきげんよう」

マリーナがドレスをつまんで一礼した。「本日はお招きいただきありがとうございます」

「よくってよ、マリーナ」

クラウディア・クレセントは緑色の瞳をついと動かして、集まった令嬢たちを見回した。その視線に圧倒されるように、令嬢たちが次々と頭を下げてゆく。イーディスは、それだけで彼女の立ち位置というものがわかる気がした。自然と頭を下げてしまう。高貴さのほかに理由があるとしたら、それこそ彼女の持つカリスマ性なのかもしれない。

「マリーナ。それは何？」

「オルタンツィア社の開発中の商品ですの」

マリーナが答え、グレイスに視線をやった。「グレイス様、そうですわよね」

「ええ、クラウディア様。こちらをご覧くださいませ」

——始まった！

「こちら、コレクションノートと申しまして。『好き』をコレクションするためのノートとして開発中の商品でございますの。こちらはマリーナ嬢に作っていただいたサンプル、そしてこちらがわが社の方で用意したサンプルでございます」

「まあ、可愛《かわい》い！」

クラウディアはマリーナの作品を見て顔をほころばせた。可愛いものに目がないとは本当のことらしい。そして……。

——笑うと別人みたいに可愛いじゃないですか。あなたが可愛いです。

イーディスは彼女に見惚《みと》れた。金色の巻き毛が秋の風に揺れる。長いまつげに縁どられた瞳は、馴染《なじ》みのある緑だ。

——ン？　どこで見たんだっけ？　この緑……。

クラウディアはひとしきりマリーナの作品を見てから、グレイス（とイーディス）の作品に手を伸ばした。イーディスはごくりと唾《つば》を呑《の》み込む。

「……あら」

——何ですかクラウディア様ーッ！

「これは当社の『写真』かしら？　そうよね？」

「ええ、兄に譲っていただいたカメラで撮影いたしました。コンセプトは『週刊オルタンツィア』。週刊誌のこれからをイメージして、我が家にゆかりある人々に取材をしたものです」

クラウディアは黙って聞いていた。

「……そして、こちらのコレクションノートは、ショッパーをコレクションする令嬢さまがたをターゲットにして開発途中の新商品ですの。画材に使う厚紙をそのまま使用しておりますので、字も絵も描けます。そして糊《のり》のつきも良く、写真もこのように剥《は》がれないよう貼ることができます」

それから未使用のコレクションノートを取り出したグレイスは、ページを一枚一枚捲ってみせた。

「これから来る写真の時代に合わせて、わたくしたちは『映え』という概念を提案いたします」

「映え……」

「心動かす一瞬をとらえることでございます」マリーナが言い添えた。

「そしてその、心が動いた瞬間を皆と共有できたなら、それは素晴らしいことだと思いますの」

――マリーナ様ナイス！　ナイス援護射撃！

「そう、わたくしどもオルタンツィアは、このコレクションノートのアイデアをクレセント社に提供いたします」

グレイスは額に汗を掻《か》きながらも、冷静に商談を続けていく。

「写真と合わせて使えるノートとして売り出す、この権利を貴社にお譲りしようと考えております。もちろん、製作はこちらで請け負わせていただき、利益の一部はこちらに。しかし商標は貴社に。いかがでしょうか。……この商談をお受けいただけるのであれば……」

グレイスはちらりとヴィンセントに目をやった。

「兄との縁談を、考え直していただけませんか。縁談などなくとも、わたくしたちは並んで歩けることを、証明したく……わたくしは本日、参りましたの」

イーディスは内心で手に汗握りながら遠巻きに一同を見つめていた。イーディスにできることは何もない。身分も低ければ発言権もない、ただのメイドにできることは応援だけだ。

応援だけのはずなのだが。

「なるほど、なるほどね。この提案をしたのは誰かしら？　いい観察眼を持っているわ。わが社に引き抜きたいくらいよ。その企画者は……あなた？」

「いいえ。我が家のメイドが」

「メイド？」

グレイスとマリーナが同時にこちらを見た。ただのハ、ウ、ス、メ、イ、ド、はぎょっとして一歩引いた。

――あー、ちょっとこれは、なんだかその……。違う。

「わたくしの『御付き』の起案ですの」

――予定と全然違う！

「あの子でしょう、ハウスメイドも兼ねているという、ヴィンセントのお気に入り」

――えっ？　なんか知らない情報が入ってるけど何⁉

グレイスも「ヴィンセントのお気に入り」という言葉に反応したらしく、涼しげな令嬢の仮面が引っぺがされてしまっている。

「お、お兄様の？　何？　えっ？」

クラウディアがつかつかとこちらへ来る。イーディスは後ずさりもできなくて、逃げることもできず、硬直したままクラウディアを見上げた。

「あなた、また会ったわね。アーガスティンの港以来かしら」

「は、はひ……」

情けない返事をしたイーディスは俯《うつむ》こうとしたが、クラウディアの細指に顎《あご》を掴《つか》まれてしまい、顔を上げさせられてしまった。同じ緑色の瞳――。

イーディスはそこでようやく、緑色の既視感に気づいた。

――同じ色だ。私と同じ色……。

「なるほどね」

クラウディアが口を開いた。

「なるほど。ねえあなた。クレセントのメイドにならないこと？　社員でもよくてよ」

聞くや、グレイスの銀髪がぶわっと逆立ったような気がした。クラウディアはそんなグレイスの顔色を見ながら続ける。

「つまりね、貴女《あなた》が欲しいのよ」

「はえ？」

また気の抜けた返事をしてしまった。

「素晴らしいアイデア。メイドにあるまじき先取りの力。わが社では優秀な起案者を募集しているの。労働者階級だろうが中流だろうが貴族だろうが、これからの時代は発想力。わたくしたちは貴女のような人材を歓迎いたします」

「駄目よ！」

猛然とグレイスが駆け寄ってくる。

「クラウディア様、その、イーディスはオルタンツィアの、わたくしのメイドですの、手放すつもりは毛頭ございません！　いやです！」

グレイスの叫びを聞きつけてわらわらと人が集まってくる。その中でも一際素早いのが一人。

黒い髪を高い位置に結った、モンテナ男である。

「オルタンツィア社、事業、私、出資してる、簡単に吸収されては、こまる」

被写体として一役買っているからか、単に心配だったからか、こちらのやり取りに意識を向けていたらしい。速い。

「――吸収なんて話は一言もしておりませんわ、ツェツァン専務」

クラウディアはユーリの剣幕をはねのけて、平然と言い放った。

「わたくしはこのメイドを引き抜きたいだけよ」

「わたし、話、通せ。それ、私の女」

ユーリは眉《まゆ》を吊《つ》り上《あ》げて笑っていた。怖い。しかしクラウディアは臆《おく》さない。

「……ライバルがたくさんいらっしゃるみたいね？　面白いことになってきた」

「あの……わたくし、ただのメイドです、クラウディア様……ですからその……」

「そうよ、わたくしのメイドよ！」

グレイスが言い募る。ユーリも被《かぶ》せるように早口でまくし立てた。

『だから我《おれ》に話を通せと何度も言っているだろうが』

「あの、わたくしはオルタンツィア家に仕えるメイドですので……」

イーディスがか細く主張をするが、誰もかれも聞いていない。グレイスもひしと抱き着いてイーディスを放してくれない。それを見ていたクラウディアは、しまいにはこう言い始めた。

「まあまあ、人気者だわ。……そうね。クレセントとオルタンツィア、吸収合併して、ヴィンセントと婚約すればおのずとメイドも手に入るかしら。……どう？　ヴィンセント？　どうしましょうか、わたくしたち」

どこか挑発的な視線を真っ向から見返して、最後に歩み寄ってきたヴィンセントが、クラウディアと対峙《たいじ》した。

「……そうだな、クラウディア。そのことで話をしようと思っていたんだ」

二人の間に、切羽詰まったような緊張感がみなぎる。

「ねえ、心は決まった？」

「ああ」

ヴィンセントは、ゆっくりと妹とメイドの前に立ちふさがった。まるでクラウディアから庇《かば》うように。

「……今のところ会社も、社員も、使用人も……何一つ渡すつもりはない。そして僕自身も、まだ経営者として未熟だ。君の隣に並び立つには及ばないよ、クラウディア」

「そう。わかりました。では、わたくしと貴方《あなた》の縁談は無かったことに、とお父様に伝えなくては」

クラウディアには不思議と邪気が無かった。縁談を断られたというのに、楽しそうですらある。

「じゃあ、……グレイスフィール嬢。その商談、乗らせていただきましょう。商標はわが社に。そして生産を請け負うのは貴方がた、オルタンツィア社」

クラウディアが笑んだ。

「あとでオルタンツィア社とすり合わせを行います。……また会えるわね、メイドさん。話し合いの場にも、いらしてちょうだいね」

「えっ」

「イーディスは！」グレイスがイーディスをいっそうきつく抱きしめる。「イーディスはわたくしのメイドなんですからねっ」

グレイスにもみくちゃにされながら、イーディスは明日の仕事のことについて考えていた。明日の給仕の予定、お嬢様のご予定と……でも、一瞬でそれが塗り替わってしまうこともあるのだ。例えば今日みたいに。

——私の明日、どっちにあるのかな……。

無事にオルタンツィア邸に帰れますように。

そう願いながらイーディスはグレイスの腕の中で、星の光みたいな銀髪を見ていたのだが——その向こう側に、クラウス・クレセントがいる。はるか遠く、庭の片隅にいて、それでも彼は居心地の悪さを隠そうともせずに、猫背で空を見上げ、そしてとぼとぼと中庭の外へ出ていってしまった。

——クラウス様。

誰も、彼がいなくなったことには気づいていないようだった。気づいても、気にも留めていないのか……彼の周りには人が居なかった。挨拶《あいさつ》をする人もいなければ、語り合う人もいない。姉と比べるとなおのこと浮き彫りになる。彼はなぜこんなに、冷遇されているように見えるんだろう？

——クラウディア様とクラウス様。この差はなに？

第四章

1

息苦しいのは生きているからなのかもしれない。呼吸などするから苦しくなるのだ。生きていることそのものが苦しいと思うようになったのはいつからだったっけ。

「……アリア。君がいたら」

クラウスは呟《つぶや》く。誰も聞かない声は、風が攫《さら》っていく。あの日みたいに。

流星が降る夜には、何かが起こるとされていた。そんな日に「彼女」は生まれた。

「……ちちうえ。その子をどこに連れていくの」

父の腕に抱えられた生まれたての赤子は、誰に似ているのかもわからないしわくちゃの顔をしていた。でも、アリアの子だということはクラウスにもすぐにわかった。アリアは「神様」の子を身ごもっていたから――。

父は無表情のまま答えた。

「神様の所へ」

それきり、父は何も言わずに冬の夜へ姿を消した。風が強くて、積もった雪を巻き上げるほどの風が吹いていて――クラウスが大声で叫んでも、父を呼び続けても、父は帰ってこなかったし、赤子も帰ってこなかった。アリアが出産のために死んだことを聞かされるのは、その三日後だった。

アリアは、使用人の中で一番若くて、快活なメイドだった。時々、どうしてそんなことになったのかわからない、といった感じのドジをやって、執事やメイド長に叱られていた。けれど愛嬌《あいきょう》があって、だからこそみんなアリアのことを好きでいた。皆に愛されたメイドだった。父などは「仕方ないな」と言って、アリアのことを許した。だからクラウスはその真似をした。

「しかたないな、アリアは……」

「そうなんです、坊ちゃま。ですがアリアは、坊ちゃまのことが大好きなので」

メイド服の膝《ひざ》の上に乗せられたことをよく覚えている。

小さな頬と頬を寄せて、アリアはささやく。

「坊ちゃま。アリアは坊ちゃまの味方でございますよ。こんなドジメイドですが、アリアは坊ちゃまのことが大好きでございますよ」

「……しかたないな」

今思えば、クラウスの初恋は、あの年上のメイドだったように思う。屋敷の皆が遠巻きにクラウスを見つめる中で、距離を詰め、手を繋《つな》ぎ、人の目のないところでは抱きしめ、……まるで母のように接してくれたのは彼女だけだったから。亡き母親への思慕と、父親に求めた安心を一度に満たしてくれる存在だったからかもしれない。彼女だってまだ、十五か、十六か……年若い少女だったに違いないのに。

しかしアリアは、奪われた。神様に。

メイド服を着ることをやめた。給仕に出ることもなくなった。顔を合わせることも少なくなった。

五歳のクラウスは、──どうしても会いたくて、逢《あ》いたくて堪《たま》らなくて──彼女の部屋まで会いに行った。見張りのメイドの目を振り切って階段下《ベロウステア》まで行くのは、並大抵のことではなかったのだが──。

「いま、お腹《なか》に子供がいるのです」

ガウン姿の彼女は、クラウスに、そっと耳打ちした。

「坊ちゃまの弟君か、妹君が、このお腹にいらっしゃるのですよ」

「……アリア、本当なの？」

「はい。神様が遣わした子です」

それを聞いたクラウスは、足しげく彼女のもとに通った。徐々に、徐々に膨らんでいく彼女のお腹に耳をあてたり、手を載せたりした。弟か妹か──そんなことはどうでもよかった。

「そ、そうしたら、僕とアリアの家族になるんだよね」

「そうでございますね、坊ちゃま」

クラウスには父と一つ上の姉がいたけれど、父はどういうわけか、クラウスのことをつまはじきにし、姉のことばかり可愛《かわい》がって、クラウスのことはいないものとしがちだった。クラウスは幼いながら、その「区別」を敏感に感じ取っていた。どうして愛してもらえないのかは、自分が一番よく知っていた。自分が生まれた日は、母の命日だったから。

母を殺した自分が、父から愛されないのは道理だ。

「ねえ、こどもがうまれたら、アリアは、僕のお母さんになってくれる？」

五歳の子供の切実な願いは、臨月の彼女にどう届いただろうか。……今となってはわからない。

アリアは眉を下げて笑って、黙ってクラウスを抱きしめた。

「大丈夫、アリアはここに居ますよ、坊ちゃま」

それが。

それが、クラウスの聞いた、アリアの最後の言葉になった。

「アリア」

中庭を出て外庭に出ると、緩やかな丘の上に巨木がある。よくクラウスが本を持ち出して、読書に耽《ふけ》っていた場所だ。ここで本を読んでいると決まってアリアがやってきて、「坊ちゃまは勉強がお好きですね」と笑うのだった。

『何を読んでいらっしゃるんですか？』

『これは女神の伝説。こっちは産業史の本』

『アリアには難しいことはよくわかりませんが、そんなアリアにもわかることがございますよ』

年齢に見合わぬ傷んだ手が、クラウスの丸い頬を撫《な》でた。

『坊ちゃまは、賢くおなりになるでしょうね……』

「アリア。彼女は君によく似ていると思う」

裏は取れている。あの日、あの十六年前の冬の日、流星が降った夜に子供を引き取った施設はアンダント救貧院しかない。だから彼女は……神様の子だ。

「……僕には全然、似ていないよ。本当に、君と神様の子供だったのかもしれない」

巨木の肌に頬を寄せて、クラウスは呟いた。

「ねえ、アリア。そうなんだろう」

答えは返ってこない。枯葉が、クラウスの足元を駆け抜けていく。

2

一方中庭では。

「まあ、まあ、皆さま。お忘れではなくって？　イーディスはオルタンツィア家のメイドでございますわ」

マリーナが声を張ると、次第にごちゃついていた茶会の様相が収まっていく。特にモンテナ語で聞くに堪えない悪口を垂れ流していたユーリなどが黙ったのは驚いた。

——さっすが、正ヒロイン。力が違うわ……。

この物語の本来の主人公マリーナは鶴の一声でみなを黙らせると、イーディスに話題を振った。

「ですよね、イーディス。イーディスとオルタンツィア家の雇用契約は他者から干渉できるものではないので……、本人の意思がどこにあるかが問題です。これはレスティアの法律に定められておりましてよ」

「わたくしはオルタンツィアのメイドですッ！　借金も返済し終わっておりません！」

——ようやく言えたッ！

マリーナはそれを聞いて手を打った。

「……ということでございますから、まずこの場は収めてくださいまし」

『借金などいくらでも肩代わりできるのに』

ぶすっとしたユーリがじっとりとこちらを見ている。クラウディアも似たようなことを言った。

「借金がどれくらいあろうが、お父様に払えない額ではなさそうですけど……」

『お前には絶対やらん、女豹《めひょう》。お前にやるくらいなら我《おれ》が買い取る』

クラウディアはちらりとユーリを見て、おほほと笑った。

「わたくし、ネイティヴではないけれど、多少聞き取りはできましてよ、専務。わからないと思ってあれこれ言うものではないわ」

『えっ』

あのユーリがきょとんとした。

――あのユーリが！　あのモンテナ野郎が！　言い負かされた！

「おーっほっほっほ！　おーっほっほっほっほっほっほっほ！」

高笑いとともに去っていくクラウディア。ユーリは勢いを失った犬のように腕をだらりとおろしていたが――マリーナが駆け寄ってきてイーディスにささやいた。

「クラウディア様のアレはハッタリです。あの方はハッタリが得意なのです。ああやってハッタリで打ち負かした後はあの高笑いで締めるのですよ」

「えっ、そうなんですか⁉」

「はい、ですからイーディスが一番モンテナ語に強いのは変わりありませんよ」

――なんの報告⁉

イーディスは内心の突っ込みに疲れて、どっとため息をついた。マリーナがいいこいいこと言わんばかりに頭を撫でてくれる。

「よく頑張りましたね」

「ま、マリーナ様……」

「ちょっと！　マリーナ！　なにやってるのよ！　イーディスによしよしするのは私！」

「うふふ。グレイス様も、いいこいいこですわ」

マリーナは有無を言わせず手を伸ばして、グレイスの頭も撫でた。

「よく頑張りましたね。二人とも」

――マリーナ様、聖母かなにかかな……？

「し、仕方ないわね……撫でさせてあげるわ、特別よ」

こうして誰かに撫でられていると、養母《ママン》によく頭を撫でられていたことを思い出す。ああ、自分は確かに頑張ったのだ。そう思うと、涙ぐみそうになる。

泣くまいと、きゅっと唇を引き結んだイーディス、そして照れながら甘んじてよしよしを受けるグレイス。二人を撫で回しているマリーナ。

そんなむつまじい三人の様子を見守っているのはヴィンセントだ。

「本当によくやってくれたよ」

「お兄様！」

グレイスが跳ねるように顔を上げた。

「クレセント社との繋がりを作った上で利益を提供する。こちらも持ち直せる。いいアイデアだ。

……さすがだな、グレイス、イーディス」

「イーディスがすごいのよ。普通この世界観に『映え』を持ってこようとは思わないわ」

「サンプルを雑誌風にしようとご提案なさったお嬢様の方がすごくありませんでしたか？」

「それを言ったら、専務の記事を作ったあなたもすごいわ」

「口頭で訳したのを書き起こしたのはお嬢様でした！」

「なによー！　謙遜《けんそん》しないでよ！」

少女たちの褒めの応酬は止《や》まない。ヴィンセントとマリーナは顔を見合わせて、友人同士のように微笑《ほほえ》み合った。

「なら、両方頑張りましたってことにしましょうね、お二人とも」


グレイスとマリーナの作ったサンプルはクラウディアやその友人たちの間で回し読みされている。クラウディアは「その商談に乗る」と言ってくれた。残っている心配事は何も……、

――いや、何一つ解決してない案件が一つある！

「盗撮魔」クラウスとのあれこれだ。グレイスに対する求婚のことも片付いていないし、そもそもイーディスに向けるやたら熱い視線の理由もわかっていないのだ。

――この場に本人がいらっしゃるんだから、思い切って聞いてみるか……。

イーディスは彼が戻ってくるのを待った。しかし何分待っても、どれほど待っても、彼は姿を現さない。

――んー……。

「帰ってきませんね。クラウス様」

グレイスは言われてからはたと気づいて、中庭の面々を順繰りに確認していく。

「クラウス？　さっきまでその辺にいたのに」

「お一人で庭を抜けていかれるのを見ました。……」

イーディスは顎《あご》に手を当てて思い出した。屋敷の中の、肖像画の掛けられた画廊を。

「なんだか、私、あの方がどうも周りからよく思われていないような気がして。確かに私たちのことを盗撮していたのは気持ち悪いですけど、でも」

よくよく思い出してみれば、なんだか「遠い」のだ。

「クラウス様が家族の肖像画の中にいないこともそうですし……クレセント氏が、クラウス様と一緒にいるところ、私たち見たことないじゃありませんか。ご姉弟なのに、クラウディア様も……クラウディア様の口からクラウス様の名前を聞いたこと、ありませんよね」

「……そういえば」

グレイスもまた考え込むように口を閉ざした。

イーディスの脳裏には、ユーリの言葉が残っている。肖像画にクラウスがいないと、イーディスが口にした時のこと。

『まあ、よくあること――』

――よくあること？

ユーリ・ツェツァンの言葉をどこまで鵜呑《うの》みにすればいいかは判断がつかないが、これだけは言える。

「ひょっとして、クラウス様だけ、家族の中で、ハブられてませんか？」

「……」

「いないものとして振る舞われているような気がしてなりません。……うまく言えないですが、これでは気の毒です。今回のカメラだって、クラウス様が先頭に立って開発なさったんでしょう」

「……」

令嬢はしばらく黙ってイーディスの言葉を聞いていた。

「『主役』のようなものじゃないですか。なのにどうして、誰もあの方の周りにいないんでしょう？」


「――もう、おひとよしね」

グレイスが小さな声で言い、イーディスを小突いた。そして姿勢を正すと、クラウディアの方へ向かってつかつかと歩いていく。

「お嬢様⁉　お嬢様！」

「黙って見ていて頂戴《ちょうだい》」

言い残して、グレイスはクラウディアの前に立った。

「クラウディア様。クラウス様がお見えにならないようですが、どちらに……」

おほほと歓談していたクラウディアは、弟の名を聞くや、グレイスに向き直ってそっとその袖《そで》を引いた。人目を避けたいという合図だ。

「こちらへ」

――お嬢様が自ら行動なさるなんて！

イーディスは適度な距離を保ったまま後についていき、中庭の隅の方に陣取った二人の会話が聞こえる位置——屋敷の壁に張り付いて、忍者のように耳を澄ました。

「……あの子はね、いつもああなの」

クラウディアの控えめな声が聞こえた。弟の不在について、あまり気にしていないようだ。

「わたくしと違って、人と接するのが得意ではないのでしょうね。あまり気にかけないようにしているの。誰にだって一人の時間が必要で、あの子は特に一人が好きなのだと思っているわ。グレイスフィールさん、あなたあの子と面識がおありで？」

「一度、あるサロンでご一緒しましたわ」グレイスが言った。「とてもおしゃべりでいらして、目を輝かせてさまざまな理想を語ってくださいました。カメラのこともそうですし——ですから、人と接するのが苦手ということは無いと思います」

「……そんなことが？」

驚いたことに、クラウディアは「たった今知った」みたいな声音を遣った。イーディスからその表情はうかがい知れないけれども、恐らくは驚いているに違いない。

——ひょっとして、あんまり仲がよくないのかな？

「でも、あの子は、一人が好きだから……気にしないでちょうだい。気にせず、他の方とご歓談を楽しんで……」

「そっ、そうでしょうか……！」

イーディスはいてもたってもいられず、壁からべろりと剥《は》がれて乱入した。

「ほんとに、本当にそうでしょうか……？　わたくしはクラウス様とよく似た人を存じ上げております」

グレイスもクラウディアも目を丸くしている。当然、どこからともなくメイドがしゃしゃり出てきて会話に口を挟んだらこうなる。しかしイーディスは黙っていられなかった。

「人見知りで、不器用で、なのに誰よりもお優しくて、誰よりもわたくしを気にかけてくださる」

グレイスがさっと顔を隠した。本人に聞かせているのだから当然なのだが。

「何よりも、寂しくても、寂しいと自分から言えないのです……ですから、」

クラウディアの目を見つめ、イーディスは尋ねた。

「クラウディア様、無礼を承知で申し上げます。クラウス様と最後にお話ししたのはいつですか。ご家族として、同じ会社に携わる人間として、会話をしたのはいつ頃ですか」

クラウディアは胸を衝《つ》かれたような顔をして、両掌を広げた。そして指折り、数えていく。

「……気づいたら、あの子の体形が変わっていたわね。別人かと思ったわ。そのあとカメラの試作品ができて。……写真のサンプルを作る前ですから、五か月前」

「うそ、その間、ずっと会っていらっしゃらなかったの？」

グレイスが口を覆う。

「そうよ。あの子は一人が好きだから……ずっとそう思っていたけど」

クラウディアは柳眉《りゅうび》を寄せた。

「ずいぶん前のことよ。わたくしのデビュタント前かしら。少なくとも成人前のことだわ。とても暑い夏の年があって。避暑に出かけようとお父様が言い出したことがあってね」

緑色の瞳《ひとみ》が遠くを見る。

「わたくし、それが楽しみで。クラウスに『楽しみね』と言ったのだけど、クラウスはこう答えたの。『僕は邪魔だから、行かない、二人で行けばいい』と。ですから、わたくし……」

「邪魔……？」グレイスが呟《つぶや》く。

クラウディアは頷《うなず》いた。

「確かに覚えているわ。『邪魔だから』と……お父様が、なんとなくですけれど、クラウスのことを避けているというか、敢えてわたくしの前で話題にしないようにしているのを、なんとなく感づいていたものだから……それ以上、わたくしはそこへ深入りしないようにしようと思ったの」

「なぜ、クレセント様はクラウス様のことをそこまで避けるんです？」

イーディスは思わず聞いてしまった。

「なぜ……？」

「私たちのお母様は、クラウスを産む時に亡くなっているらしいの。お父様本人に確認したわけではないから、私もよくわかっていないのよ」

クラウディアは自分の爪の先に視線を戻す。

「わたくしも幼かったから、お母様の顔を覚えていなくて、肖像画でしか知らないの。だから、……わからない。二人の間のことは、わからない。お父様もクラウスも、お互いに思うところがあるんだろうと、そしてわたくしは、無遠慮にそこに触れない方が良いと。そう思うようになったのよ。二人の間のことに触れないように立ち回ること、それがわたくしの中の鉄の掟《おきて》になった」

——腫《は》れ物《もの》に触るようで……本当にそれでいいのかな？

イーディスがまたしても何か言いかける前に、グレイスが口を開いた。

「クラウディア様。……わたくし、クラウス様に求婚されましたのよ」

「え」

クラウディアがぱかっと口を開けた。完璧《かんぺき》に思われた令嬢の見せた明らかな隙に、イーディスは驚くと同時に安心していた。この人もこんな表情を見せるのだ。

「ですから、これからわたくしは、クラウス様のことを知るつもりでおります。求婚をお受けするにも、お断りするにも、まずは知ることから始めないとなりません」

「そんなことを、あの子が？　あの子が……本当に？」

「ええ、本当です」

——お嬢様、何を言う気なんだろう……。

イーディスが見守る中、令嬢はきっと顔を上げた。

「ですから、あの方のことを知るために、思いがけずあなたがたクレセントの家のことに触れてしまうかもしれません。そのことを、最初に申し上げておきますわ」

「……」

グレイスは一礼して、引き下がった。イーディスもそれに続く。

クラウディア・クレセントは何も言わず、黙って二人の背を見送った。

3

グレイスは迷いなく歩いていく。茶会の席を抜けて歩みを止めると、ゆっくりと屋敷の庭を見渡す。先ほど言った通り、クラウスの姿を探しているようだ。

一方のイーディスは、令嬢の後ろを付き従いながら一人で感動していた。

――お嬢様が、お嬢様が、あのお嬢様が！　クラウディア様のような目上の相手にああして啖呵《たんか》を切れるようになるなんて！　あの汚部屋《おべや》に棲《す》む虫のようだったお嬢様が！

主人を盛大にけなしていることに気づかないながらも、大喜びで手を握り合わせるイーディスである。

「迷子かもしれないわ、イーディス」

言いながら振り返ったグレイスは、目を輝かせて手を握り合わせたイーディスの「感動」モーションに気づくと小さく笑って、照れたように頬を掻《か》いた。

「緊張したわよ。とっても緊張した」

「やっぱり？」

「それはそうでしょう。下手《へた》に情報出して、面倒なことになるんじゃないかと。冷や冷やしたわ。……何も言われなくてよかった」

グレイスは胸をなでおろすように手を当てた。

「まあ、おかげでクレセント家の問題に頭から突っ込んでしまうことになったけど……」

青い目がじっとりとイーディスを見る。イーディスは小さくなった。

「……でも、でも、放っておけないじゃないですか。なんで盗撮《あんなこと》をなさったのか、その理由がわからない以上……それに、昔のお嬢様に似ていらしたのも本当ですし」

「盗撮の理由は、家の問題をこれ以上掘っても出てきそうにないけどね」

グレイスは銀色の髪をさらりと掻き上げ、そして払った。

「いいわ、未来の旦那《だんな》様候補だもの」

「えっ」

「候補《・・》よ。あくまでも」

グレイスは言い置いて、先へ先へと行ってしまう。イーディスはあわててその後に続いた。


廊下を抜けて正面玄関から出ると、中庭以上に広大な外庭が広がっている。植え込みも芝生も綺《き》麗《れい》に仕上げてあり、いつ客人が覗《のぞ》きに来てもいいように目いっぱい揃《そろ》えられた枝葉を伸ばしている。秋の花が花壇に等間隔に植えられており、腕のいい庭師がいるとみた。

――やっぱり十人くらい庭師がいそうな庭だわ……。

外庭の巨大な樹は鈴懸の樹だ。背が高く、天に伸びるようなシルエット。館の窓まで覆う巨大な樹の影の下に、彼は座り込んでいた。

「クラウス！」

　グレイスがドレスをつまんで駆け出した。イーディスは遠巻きに、二人を見ていた。

　ここから先、ハウスメイドにできることはない。その余地もない。グレイスとクラウスが、二人で話さなければならないことだ。

「ねえ、クラウス。クラウスってば」

「……これは夢かな」

　ゆるやかに目を開いたクラウスが呟いた。

「僕の前にグレイスフィールがいる」

「夢じゃありませんわ。ねえクラウス。お一人じゃつまらなくありませんこと？」

　グレイスは両手を差し出して、樹の根元に座り込んだクラウスを立たせようとする。しかしクラウスは手を伸ばさない。

「ゆ、夢じゃないならどうしてグレイスフィールがここにいるんだ？」

　姉によく似た秀麗な顔が真っ赤になっていく。まどろみから目覚めたばかりの御曹司は、ようやく夢ではないことに気づいたらしい。

「ちょっと待って。こんな姿見せるつもりはなかったんだ。君がここまで来てくれるなんて思ってなくて、ちょっと恥ずかしいな」

「まあ、小心者ね」

言って、グレイスは彼の隣に腰を下ろす。

「求婚してくださった時の勢いはどちらへ行ってしまったの？」

「あれは、その、勢いで……」

「――あなたが、わたくしならあなたのことをよく理解できるだろうと仰《おつしや》ったこと、今ならよくわかるわ」

グレイスはドレスの汚れも気にせず、クラウスを見つめた。

「きっとあなたの仰った意味とは少し違うけれど」


イーディスは話の内容こそ聞き取れなかったが、こっそりと死角になるように位置を変えて、植え込みの陰に潜んでいた。二人の仲は良好……に見える。

――お嬢様、頑張って……！


「あなたは孤独を選んでいるように思える」

「‼」

クラウスは息を呑《の》んだ。

「そして、……こんな自分が、幸せになれっこないとも思っている」

グレイスは寂しげに微笑《ほほえ》んだ。

「本当は閉ざしている扉を開けたいのに、開けられない。自分から世界に踏み出していくのが怖いの。外には、……外には自分を傷つけるものがいっぱいあるから。傷つくとわかっているから」

グレイスの脳裏には、自分が「幽霊令嬢」だった頃の記憶がある。

「違う？」

「……どうして？」

クラウスは視線を落とした。

「どうして。……どうして、ね。なぜかしら。わたくしとあなたのことを、似ていると言ったひとがいるからかもしれない。——今言ったのは、少し前のわたくしの言葉、わたくしの気持ちなの」

「……そう、なんだ」

「少しでも似たところがあるのなら、きっと、その通りなのだわ。あなたとわたくし、似た者同士ね」

「……そうだね」

一度、会話が途絶えた。グレイスは空を、クラウスは芝生を眺めていた。不意に吹いた風が、グレイスの長い銀髪を揺らし、クラウスの腕に触れた。

「風が冷たいわね」

グレイスが身を震わせると、クラウスは自分の着ていた上着を着せ掛けた。「これでよければ」

「ありがとう、クラウス。気を遣わせてしまって、悪いわね」

「ごめん」

「どうしたの、いきなり」

グレイスは彼の緑色の瞳を覗き込んだ。「何を謝ることがあるの」

「僕なんかの人生に巻き込んでしまって」

「……クラウス。扉を開けるなら今なのよ」

グレイスは上着の前を掻き寄せながら、クラウスの冷たい手を握る。

「お友達として助言させていただくわ。……お話できるのは、命があるうちだけ——」

「……わかってる！」

思いがけず、激しい言葉だった。

グレイスはまた上着の内側に手を引っ込めて、空を見上げた。

「ごめん、きつい言葉を使った。でも、わかってるんだ。……わかってるんだ、そんなことは」

揺らぐ声に涙の気配を感じ取って振り返る。けれどクラウスは泣いてはいなかった。

「なら、なおのこと扉を開けるべきだわ」

グレイスは並べた肩が震えているのを感じ取っていた。怒りか、悲しみか、それとも別の感情なのか、グレイスにはわからない。ただ、慰めるように寄り添うことしかできない。

イーディスが、グレイスにしてくれるように。

「あなたのことを、誰もが知らない。あなたの、お姉さまですら知らない。あなたが見せてくれなければ、わからない。わたくしも、……あなたのことを、知りたいと思っている」

「無理だよ」

クラウスの震えがぴたりと止まった。

「無理なんだよ。……ずっと前から無理なんだ。肖像画が、全部物語ってる。僕は、……僕はいらない」

「クラウス」

「産まれた時に、母を殺してしまった」

それは血を吐くような懺悔《ざんげ》だった。

「だからこれは運命で、運命の女神が僕に科した罰だ。母を殺したから、家族として認めてもらえない。父にも疎まれている。肖像画にも描かれない。存在しない」

「クラウス、落ち着いて」

「……そこに、君が現れたんだ」

クラウスはそこでようやく、グレイスを見た。

「君は優しい。君は綺麗だ、君は僕を裏切らない。嫌がらない。僕の話も疎まず聞いてくれる……うれしかった。……本当にうれしかったんだ」

サロンでのことを言っているのだろう。

「君が応援してくれたから、僕は不可能を可能にできたんだ」

「……クラウス、そんなことを考えていたの」

「そうだよ」

クラウスは冷たい手でグレイスの手を掴《つか》んだ。氷のような手だった。

「そうなんだ。君なんだよ。きっと僕の運命は君なんだ」

鈴懸の樹の葉が揺れている。

「君は僕をいないことにしないい……だから」

手の甲に受けるキスは熱い。グレイスは目を細めて、それを受け取った。


——きゃあーッ！

一人盛り上がっているイーディスの真横から、冷静な声が飛んでくる。

「クラウスって、あんな顔もできたのね。……知らなかった」

「わひゃあああああクラウディア様」

「しい、静かに」

クラウディア・クレセントはドレスが汚れるのもいとわずしゃがみ込んで、イーディスとともに二人の様子をうかがっている。

「何をお話ししているのか、聞こえて？　貴女《あなた》」

「いいえ、ちっとも。読唇術でも使うしか……」

「読唇術ね。なるほど」

クラウディアはどこからかオペラグラスを取り出した。

——どこから出したんですかクラウディア様。

「いついかなる時も柔軟に対応できてこそ社長だわ。これもその一環」

イーディスの内心の突っ込みに、クラウディアが答えてくれた。

——ひょっとして、クラウディア様ってすごく愉快な方なのかもしれない……。


「君だけが僕を肯定してくれる。……世界に君さえいればいい」

「嘘よ」

グレイスは握られた手にもう片方の手を添えて、その目を覗き込んだ。

「嘘。あなた、だって、……ご家族のこと、本当に大好きだもの」

「……！」

「仰っていたでしょう。手軽に、誰でも、肖像画のような家族の証《あかし》を作れるような機械を開発していると。あれがあなたの本音よ、本心よ。あなた、……お父様と、お姉さまと、ちゃんと家族になりたいのよ、……いいえ、証が欲しいのよ」

「……そんなことない」

「貴方《あなた》は、自分が、『クレセント家のちゃんとした家族だ』って証が欲しいのよ、クラウス。そうとしか聞こえない」

「違う」

「貴方は私を必要とはしていないわ」

グレイスは鋭い指摘を投げた。

「貴方は、……家族に愛されたいだけよ。わたくしは、その代わりにすぎないの。あなたは……」

「違う！」

クラウスはグレイスの手を振りほどいて、その体を抱きすくめた。

「僕は君を愛している！」

グレイスは冷静に、近づいてくる顔を見据えた。

「……いいえ。あなたは、さびしいの。さびしいだけなの」

「……」

「真似事だったら、誰でもできるわ。でも、あなたはそれほど器用じゃないと思う。『愛の真似事』は貴方にはできない。そうでしょ？　違う？」

「…………！」

「本当は、心の底から愛している人がいるはずだわ。わたくしはその代わりにすぎない」

緑色の瞳《ひとみ》が揺れ動く。彼の瞳はグレイスではない誰かの面影を追いかけていた。グレイスにはそれがわかったから——彼の好きにさせた。

唇に吐息が触れるほど近く、顔を寄せていたクラウスだったが——緩やかにグレイスを解放した。

「ごめん……」

グレイスは謝罪には触れずに、クラウスの髪を耳にかけた。

「クラウス。結婚やお付き合いを抜きにして、まずお友達になりましょう、ね」

——何が起こっているんだろう？

はらはらしながら見守っていたイーディスだったが、キスが失敗したことしかわからない。

——ああ、やきもきする！　なんかメチャクチャいい雰囲気なことしかわからない！

隣でオペラグラスを覗《のぞ》き込んでいたクラウディアが、「なるほどね」と呟《つぶや》く。

「あの子の言葉はハッタリではなかったというわけ」

「へ？」

「メイドさん、頼まれてくれるかしら。人を呼んでちょうだい。執事に声をかければすぐにわかるわ。……クラウディアが呼んでいると言えばすぐに来てくださるはずよ」

「え？　どなたを呼んでくればいいんですか？」

「お父様」

「おとうさまぁ⁉」

——お父様ってあのお父様？　クレセント氏？

「しぃー！」

クラウディアがイーディスの口をふさぐ。

「んむんむ⁉　ううんむむんむん⁉」

「いいから、執事に『クラウディアがお父様を呼んでいる』と伝えてちょうだい！　いいこと、わたくしの言う通りに言うのよ、一言一句違《たが》わずね……」

「んむー！」

『お父様は三階のどこかの部屋にいらっしゃるはずです。執事に聞けば早いでしょう』

何度も同じ言葉を暗唱させられたイーディスはクラウディアによってクレセント邸に解き放たれた。清掃の行き届いた美しい屋敷をおずおずと歩き回り、ようやく見つけた使用人の男性に声をかける。

「ああ、少々お待ちください……」

どうやら彼は執事ではなかったらしい。おそらく「フットマン」だろう。年若いし、所作もこなれていない。

フットマンの少年は老いた執事を呼んできた。どことなくメイド長、キリエを思い出させる面構えだ。ここに勤めて長いのだろう。全てを知っている目をしていた。

イーディスは老執事相手に、また同じ言葉を繰り返す羽目になる。

「クラウディア様が、フィリップス様をお呼びです。今すぐ来てほしいと。表の庭の、鈴懸の樹のあたりに――」

「かしこまりました。……お名前を伺っても？」

老執事がイーディスの顔をじっと見た。イーディスは正直に答えた。

「……イーディス・アンダントと申します。オルタンツィア家のメイドです」

「承知いたしました」

執事は手を廊下の奥に向けた。

「……ご主人様のもとへご案内いたします、イーディス様」


「ともだち」

　クラウスがグレイスの言葉をなぞるように、幼い響きで呟いた。

「そうよ、友達。わたくしたち、男と女以前に、人間と人間になる必要があると思う」

「……」

「サロンで話した時、とっても楽しかったわ。……これからもたくさん、あなたのそういう話を聞きたい。教えてちょうだい。あなたのこと」

「面白いことなどなにもないと思う、よ」

「そんなことないわ」

　グレイスはそっと微笑した。

「私の家はもともとあまり裕福ではない地主だったのだけど、そこにお爺様とお父様が製紙工場を建てた。これがオルタンツィア製紙の始まりと聞いているわ。……気づいたらお父様とお母様は汽車の事故で亡くなっていて、」

「……」

「当時十五歳だったお兄様がお父様の跡を継いだ。六歳のわたくしは塞《ふさ》いでばかりいた。お父様もお母様もわたくしを置いてどこへ行ってしまったの、と……神様を恨んだ。二人っきりの食卓がさみしくて、ひきこもってご飯を食べた……よく考えたら、そっちの方が寂しいに決まっているのにね。……わたくしも、わからなかったの。お兄様の寂しさに気づかなかった」

クラウスは黙ってそれを聞いていた。

「それからね。……時代の変遷とともに、世の中が少しずつ動いて、モンテナからの物資が入ってきたりして、会社の経営が思わしくなくなって」

グレイスもまた掌の上に鏡でもあるかのように、自分の手の中を覗き込んだ。

「……傾いた家を建て直すために、わたくしは持てるものを全部使って、お兄様を支えることにしたの。閉ざした扉を開けて、外に出ようと思ったの。そういう、元気をもらえた」

「なぜ、扉を開けようと思ったんだ？」

「イーディスが扉をノックして、開けてくれたからよ。ああ、イーディスは」

クラウスの目が見開かれた。

「わたくしの妹のような、家族のような……身分はメイドなのだけどね。友達で、家族のような、大事なひと。しっかりしているのに時々おっちょこちょいで、とんでもないへまをやらかすこともあるし、よくできたメイドとは言えないところもある。だけど、好きなのよ、彼女のこと」

「イーディス……」

「ねえ、こんなわたくしの話も、面白くないと思う？」

「そんな、ことは……」

クラウスは青い瞳を見つめ返して、それからふいとそっぽを向いた。幼い子供のように背中を丸め、縮こまる。

「僕には、才能がない」

「才能？」

「姉上のように、会社を切り回す才能。人に好かれて、人を惹《ひ》きつける才能。カリスマ性。僕にはそれが無い」

グレイスはぽつりぽつりと語り出したクラウスの言葉を引き出すように、相槌《あいづち》を打った。

「才能がないと、困ることがあるの？」

「お父様に認めてもらえない」

「……お父様に？」

「どれほど頑張っても姉上の足元にも及ばない。僕は、……役立たずだ」

役立たずってそんな、と言いかけたグレイスに、畳みかけるようにクラウスが言葉を重ねていく。

「僕は、お父様が望むような長男になれなかったし、これから先、なる必要もないんだ」

「でもクラウス、あなたは――」

「だから、肖像画にも入れてもらえないんだ……‼」

その時だ。

「違うわ！　何言ってるの‼」

遠くから叫び声が聞こえたかと思うと――人影がこちらへ猛然と駆けてくる。息を切らして膝《ひざ》を折っているのは、まさしく今話題に出ていた巻き髪の美女だ。

「お父様に疎まれていると思っていたのね、クラウス……」

なぜか葉っぱまみれの——クラウディアは息を切らしながらそこにいた。グレイスは目を点にし、
クラウスは声を失った。

「姉上……」

「いつから聞いていらしたんですか」

「読唇術をね、わたくし、少し勉強いたしましたのよ」

クラウスはさらに驚いた。

「あの完璧な姉上が勉強をするんですか。どうして……？」

「貴方《あなた》ほどじゃないわクラウス。それよりも貴方さっき、自分に才能がないと言いましたわね、嘘仰《おつしや》い。馬鹿なことを言うんじゃありませんん」

クラウディアはオペラグラスでクラウスを指し、ぴしゃりと言った。

「貴方は天才です。四歳で文学書を読み始め五歳で専門書を読んでいた貴方にはわたくしも敵《かな》いません。貴方は逸材です。自覚を持ちなさい」

「……みんなそう言うけど、僕は死ぬほど勉強してようやく一人前だから」

「何言ってるの！」

クラウディアはのけぞった。

「勉強するのも才能よ、わたくしあなたの言っていることも書いたことも、半分も理解できていな

いわ。それくらいおバカなのよわたくし、なんでわからないの、クラウス」

「――え。本当に？　嘘だよね？」

「嘘じゃないわよ、全部わかったふりをしていたのよ。自社製品のことが何一つわからない経営者なんて不安でしかないじゃない。みんなの前でそうする必要があったの！　印象ってものがあるでしょう。わたくしはそれを取り繕うのが人より上手《じょうず》なだけ」

グレイスは姉弟のやり取りに挟まれながらため息をついた。いつぞやも思ったが、できれば挟まないでやっていただきたい……。

「貴方の普通は普通ではありません。肝に銘じなさい。この短期間でカメラを実現させたことを誇りなさい、世界中の技術者に恨まれますわよ。おバカ」

「え、ええ……」

「『え、ええ……』じゃありませんのよ！　このおバカ！」

クラウディアはおバカを連呼しながら、体中にくっついている葉を払いつつ、クラウスににじり寄って、その頭に手を載せ、ぐしゃぐしゃとかき回した。

「なんでそんなに悲観的なの？　わたくしの弟のくせに！」

「だって、姉上……」

「『だって』じゃありません」

年齢の割に幼く見えるやり取りは、グレイスの目には、長い時間隔たれていた壁を乗り越えて、姉弟を懸命にやり直しているように思われた。今まさに、この短い時間で、姉弟をやり直そうというのだ。並大抵のことではない。グレイスもそれはわかっていた。わかっていたからこそ、何も言わずに二人を見つめていた。

「僕は姉上には敵いません、とても、とても……」

「わたくしだってあなたに敵わないわ。ひっくり返ってもあなたの真似はできないわ」

「でも」

「『でも』じゃありませんおバカ。こんな簡単なこともわからないの」

クラウディアは手をわなわなと震わせた。そして、クラウスの両肩に手を置いた。

「こんな年になってからじゃ、女と男の姉弟だから、抱擁もできないわ」

「姉上……」

「ええそうよ。貴方のお姉さまよ、わたくし。ですから」

クラウディアはくしゃっと顔をゆがめた。

「だから、そんな悲しいことばかり言わないでちょうだい。わたくしの大事な弟に」


「クラウディア、何事だ」

クレセント氏が庭先に出てくると、その場にいた全員の目がそちらに向いた。

小柄な男性でありながらも貫禄《かんろく》のある社長の後ろにはイーディスが控えており、こちらを見つめていた。グレイスはそっとイーディスに視線を送った。

「父上」

驚きに目をいっぱいに見開いたクラウスは、勢いよく立ち上がった。風が父と子の間を吹き抜けていき、鈴懸の樹の葉を目いっぱい揺らした。

「風が強いな」

クレセント氏は一歩、また一歩と歩み寄り、それからクラウスの高い位置にある顔をじっと見た。

「クラウス」

冷たい手に触れられたかのように、クラウスがぴんと背筋を伸ばした。

「言いたいことがあるなら、言いなさい」

「……」

クラウスは黙ったまま、父の背後に――イーディスにちらりちらりと視線を送った。助けを求めるようだった。しかし、イーディスはゆるやかに首を横に振った。

――頑張って。

イーディスにできるのは力添えだけだ。そして、もうこれ以上の干渉をすることは、できない。

クラウスが自分で戦わなければならないのだ。……でも。

イーディスは少し進み出て、手を握り合わせた。

「クレセント様は、クラウス様にお伝えしたいことがおありだそうです」

――これくらいは、いいよね。

「ああ、そうだったな。クラウディア。話は聞いた。それで――」

また風が吹いた。クラウスの金髪を、クラウディアの金髪を、風が揺らした。イーディスの茶髪

も また、風に揺れた。

「……カレンが命を落とした日のことは今も覚えている。お前を憎んだことがないと言えば、嘘になる」

「……」

「だが」クレセント氏は続けた。

「カレンが命がけで遺したものを、そうやすやすと疎んだりするものかね」

「……!?」

「我が家に新しい肖像画がないのは、私の怠慢にすぎん」

クレセント氏ははっきりそう言った。怠慢。

「カレンを失ったあと、私は仕事人間になった。お前たちにほとんど手を掛けなかった。父親らしいことを始めることができたのは、お前たちが大きくなってからだったな。反省しているんだ。家庭を、子供を省みることのできない父親だったと」

「お父様、そんなことないわ。わたくし、お父様からたくさんのものをいただいてよ」

「クラウディア、そうは言うが」

クレセント氏は娘を見上げた。

「お前は私の背中から学んだことの方が多かろう」

「……お父様」

そしてクレセント氏は、クラウスに向き直った。

「確かに内向的で気の弱いお前が、社長に向いているとは思っていない。次の社長はクラウディア。これはもう決めている」

クラウスは食い入るように父の顔を見つめた。

「父上……」

「だが、開発者としてのお前は、クレセントの誇る人材だ。これからもその発想と腕で、わが社を率いてほしい。実のところ、お前なくして、この会社はない。カメラがいい例だ。この発明は必ずレスティアを変えていくだろう」

「その通りですわ」

クラウディアが言った。

「これから時代が変わっていくのよ。わたくしたちはその先陣を切っていくの。そしてわたくしたちのなかには、貴方も入っていてよ、クラウス」

「姉上」

クラウスは俯《うつむ》き、それからイーディスを見た。そしてグレイスを見た。それから――

「もっと、早く」

緑の瞳《ひとみ》から涙を流して、クラウスは咽《むせ》んだ。

「もっと早く教えてくれればよかったんだ。もっと、はやく」

「今、言ったわ。ちゃんと。だから今日のことを覚えていて」

クラウディアは弟の背を撫《な》でた。

「わたくし、ずっとずっと前から貴方と肩を並べたかったの」

グレイスはそっとその場から離れ、ことの成り行きを遠巻きに眺めていたイーディスの隣に立った。

「お嬢様、大活躍でしたね」

「くたくたよ。疲れたわ。私たちもそろそろ戻りましょうか、中庭に」

イーディスは頷《うなず》いてから、三人の背中を見て呟《つぶや》いた。

「……よかったです」

「ええ」

グレイスは青い瞳を横目にイーディスに向けると、唇に指を一本当てた。

「気のせいかしら。私、なんだかあなたに似てきた気がするわ」

「奇遇ですね、お嬢様。私もです」

イーディスは茶色の髪の先を弄った。この茶色。

——顔も知らないお母さん。私を産んだお母さん。

クラウスとクラウディア、そしてクレセント氏を見比べて、イーディスは顔も知らない生母に思いを馳《は》せる。似ているんだろうか。似ていないんだろうか。でも——。

——私は元気です、そして、幸せです。お母さん。

肩と肩が触れ合う。

隣に立つグレイスの手を握りながら、イーディスは空を見上げた。鈴懸の樹が風に揺れていた。

4

その後——クラウディアの提示した条件を承諾する形でオルタンツィアが合意し、晴れて企業提携の契約が結ばれた。アイデアは高い額で買い取られ、商標はクレセント社に。そして製造をオルタンツィア社で行うこととなった。

冬を前にして、ヴィンセントは一人、クレセント家を再訪していた。クレセント家当主フィリップスに呼ばれたからでもあり、個人的に義理を通さなければならないと感じたからでもある。

「——この度は、まことに申し訳ないです。期待に、お応えできず……」

目を伏せたヴィンセントに対して、フィリップス・クレセントは穏やかに笑う。

「いい、いい、気にするな。ああ見えてクラウディアは恋愛に夢を見ていてね。難しい子なんだよ……それに」

クレセント氏は隣に座っている息子を見た。

「私の息子も君の妹に夢中だそうだから。そちらを見守りたい気持ちもあってね」

「父上、それは……その……言わない約束で……」

クラウスは委縮するように身を縮めた。グレイスフィールの兄の前とあっては、大きな態度をとれないのかもしれない。しかしヴィンセントは微笑《ほほえ》んだだけで、クラウスにとやかく言わなかった。

「グレイスもあなたのことは憎からず思っているようだから、安心してほしい」

緑色の瞳をぱちぱちと瞬かせたクラウスは、笑みをこらえるように口の端を曲げた。

「――ところで、話だが」

クレセント氏は腕を目いっぱい伸ばして紅茶のカップを手に取った。香りを楽しみ、一口含んでから、またそれをもとの位置に戻そうとする。戻すのに苦労している父を助けるように、ソーサーを手前に引き寄せたクラウスは、父に小さく礼を言われてどぎまぎしていた。

家族を「やる」のは、難しい。わだかまりを解いたばかりの二人は、まだぎこちなさの残る距離感で、そのままヴィンセントに向き直った。

「クラウス。……そしてヴィンセント。君たちに昔話を聞かせたくてね」

「昔話、ですか？」

「え？」

思っていた話題のどれとも違っていたから、ヴィンセントは拍子抜けした。てっきり、会社のことか、妹とクラウスのことだろうと高をくくっていたのだ。クラウスもきょとんとしているし――どうやら、今回の集まりはクレセント氏が企図したものらしい。

「ああ、今となっては遠い昔話だよ。十六年前。……いや、もっと前か。この屋敷にはアリアというメイドがいた。若いメイドだ――」

「――またお前か。アリア」

彼女が執事に怒鳴りつけられるのはしょっちゅうだった。フィリップスはそれを知っていたが、止めずにいた。仕事のできないメイドは、家令《ハウス・スチュワート》の一存で辞めさせることができた。

……だが。

「ね、ねえ、だめ、アリアをいじめないで。いじめないで、おねがい」

幼い息子が彼女を慕っていた。アリアの方も、この一人ぼっちの息子を可愛《かわい》がって離さなかった。

快活で人なつこい長女と違い、人嫌いでめったに人になつかない息子が、このポンコツメイドを唯一慕っていた。だから、父親としてできることは一つだけだった。

――アリアを解雇してはならない。絶対に。

そう、家令に告げることだけだ。

フィリップスはできるだけ、息子を怖がらせぬよう、遠くから見守っていた。鈴懸の樹の下で本を読む賢い息子の隣には、必ず「できない」メイドのアリアが寄り添って、歌を歌ったり話をしたりしていた。

そうしているうちに気づいた。アリアは、自分が亡くしたものによく似ていることに。

「……一晩の過ちだった」

クレセント氏は緑色の目を細めた。クラウスは同じ色をした瞳を見開いて父親を凝視していた。ヴィンセントは何も言えず、話の着地点を見極めようとしていた。この話はどこへ向かっていくのか——。

「子供ができたと私に告げた時、アリアはこう言った。屋敷を出て、市井《しせい》で暮らしたい。生まれてくる子供につらい思いをさせたくない。……メイドから生まれた子供は、たとえどんなに高貴な父親を持ったとしても、メイドの子供でしかない。卑しい労働者階級の血が流れている。……そう指さされるようなことになっては、かわいそうだと。そうだろう、ヴィンセント？」

言葉の最後はヴィンセントに向けられていた。確かにそうだ。根強く残る身分階級社会の中にあって、身分差のある結婚はそうした「差別」の可能性を孕《はら》んでいた。

「ええ。……そのメイドの言うことは、よくわかります」

「そんな」クラウスが立ち上がった。

「そんなことない、……そんなことないはずだ、アリアは」

「落ち着け、クラウス。全て昔話だ」

「アリアは……ッ」

クラウスは見開いた目から涙を流した。「アリアはそんなこと、言わない……！　だって、」

「落ち着け、座りなさい」

父親は息子を座らせた。そして話の方向を見極めることができないヴィンセントに小さく詫《わ》びた。

「すまない、もう少し話を聞いてくれないか」

フィリップスはアリアの申し出を承諾した。その代わりわずかばかりだが財産を持たせ、あらゆる出資をすることを約束した。あとは出産を待つばかり、アリアは子供を産み次第、退職をすることになっていた。が。

彼女は、出産のために命を落とした。フィリップスの妻と同じように。


「私は迷った。生まれてきた娘をどうするか」

フィリップスは組んだ手の中にその目を隠して、しかし語ることばかりは止めまいと、静かに昔話を続けた。

「アリアの言葉を汲《く》むのなら、市井へ。だが生まれたばかりの彼女には身寄りがない。――ならば当家で育てるべきか。しかし、アリアの言う通りだ、メイドの子はメイドの子でしかない。妾腹《しょうふく》の賤しい子と、使用人や他家から後ろ指をさされる貴族の人生より、何も知らぬまま、まっさらなまま、労働者の子として生きていく方がいいのか……悩んだ。悩んだんだ、クラウス」

「う、うう……」

クラウスは咽び泣いていた。一人だけ話についていけぬまま、ヴィンセントは親子を見つめた。

「そして私は、後者を選んだ。本当はどうすればよかったのかと、悔恨を残したまま。……娘を、わずかばかりの金と一緒に、アンダント救貧院へと置き去りにした。流星の降る夜のことだった」

「あ……」

ヴィンセントの脳裏で、ばちばちと全てのパズルが嵌《はま》っていく。なぜ自分がここに呼ばれたのか。なぜクレセント氏がこんな話をしているのか——全てがひとつなぎになって、ヴィンセントはようやく、声を絞り出した。

「それは、……イーディス・アンダントの、ことですか」

「ああ。私の娘はそう名付けられたそうだな。そして、女神のお導きか——今は君のもとにいる。母親と同じハウスメイドとして」

ここからが本題だ、とフィリップス氏は言った。


「彼女を……引き取りたい。娘として」


「……イーディスを、ですか？」

ヴィンセントの口の中は次第に乾いていく。

「ああ。……あの子は母親によく似ている。見間違いようもない。あの目。あの顔。何より眉《まゆ》だ。アリアそのものだ。最初に君が、この屋敷に彼女を連れてきた時から、わかっていたよ。あの日私が迷いながら手放した娘が帰ってきたと」

「……」

ヴィンセントが言葉を探している間に、クラウスが涙を拭《ぬぐ》いながら、言い募った。

「最初に見つけた時、アリアだと思った。アリアが生き返ったと思った。あの日のまま。あの時のまま……違うのは目の色だけだ」

クラウスの緑色の目が涙に濡《ぬ》れている。言われてみれば確かに――同じ色だ。フィリップス氏、クラウス、そしてイーディスの目の緑。

「僕がイーディスを見つけたのもやはり偶然で。……サロンで会った時だ。グレイスフィール嬢と出会ったのもその日、だから……運命だと思ったんだ。彼女たちは僕の運命なんだと思ったんだ」

ヴィンセントは何も言えなかった。選択権が自分にあるのは痛いほどわかっていた。

「ヴィンセント。娘が戻ってくるのなら、オルタンツィア製紙に惜しみない援助をしよう。君が望むだけの援助を約束する」

「……」

「ヴィンセント」

クレセント氏の言葉は懇願にも似ていた。小柄な男のどこからこんな声が出るのかという、芯《しん》から願うような言葉に、揺さぶられなかったかと言えば、嘘になる。だが。

『……好きな女の子がいるのね。ヴィンセント』

ヴィンセントの脳裏をクラウディアの寂しそうな顔がかすめていく。

「――わかります、叔父さん」

慎重に、言葉を選ばなければならなかった。言葉一つでこの場は崩れ落ちる。足場を無くしたように宙に浮く。十五で会社を継いだ時から、ヴィンセントの足元は常に、不安定に揺れていた。

でも。それでも今は、歩ける。この足を着けて、大地を歩ける。なぜなら——。

「叔父さんや……クラウス君にとってその女性が特別だったことは。わかります」

「ヴィンセント……」

「でも、僕にとってのイーディスも……何にも代えがたい、特別な女性ですから」

ずっと迷っていた。ずっと。でももう迷わない。何も迷わない。

ヴィンセントは深々と頭を下げた。

「私の家のメイドを、お渡しすることはできません。申し訳ない」

「……そうか」

唇をかみしめて俯《うつむ》く息子の肩に手を伸ばして、ゆっくりと撫《な》でた父親は、その緑色の瞳《ひとみ》をヴィンセントに向けた。

「実はね。……イーディスも同じことを言った」

「えっ」ヴィンセントは顔を上げてクレセント氏を見つめた。

「いったいいつ、そんなことを……」

「クラウスと言い合いをしたあの茶会の日にね、私を呼びに来てくれたのだ」

クレセント氏は呵々《かか》と笑った。

「――『たとえ話をしよう。君がもし、ある貴族の血を引いていたとする。その貴族の父親が迎えに来てこう言う。君は我が家の娘だから、今の仕事をやめて、家族になってほしいと。君ならどうする？』……こう聞いた。そうしたら」

『わたくしの居場所はもう決まっております。今いるお屋敷です。仕事にも、誇りを持っております――そう申し上げると思います』

そしてクレセント氏は禿《は》げ頭《あたま》を掻《か》いた。

「うーん。君なら懐柔できるかと思って小癪《こしゃく》な真似をした。許してくれ」

「……そんな、叔父さん……！」

へなへなと崩れ落ちそうになるのをこらえて、ヴィンセントは苦笑した。

「さっきの言葉のために僕がどれだけ勇気を振り絞ったと思っているんですか……！」

心臓が痛いほど脈打っていた。一世一代の告白などそうしない。

「はは……」

胸を押さえて笑うしかなくなったヴィンセントを見て、クレセント氏もまた笑い、冷たくなった紅茶に口を付けた。

「身分違いの恋はね、いばらの道だよ、ヴィンセント」

「……弁《わきま》えています」

ヴィンセントは姿勢を正した。胸に手をあてたまま——

「それでも、僕は、この気持ちが終わる時まで、向き合い続ける覚悟です」

「そうか。……君が私と同じ過ちを犯さないことを願っている」

「……もちろんです、叔父さん」

ヴィンセントは目を伏せた。瞼《まぶた》の裏に、瞬く星がある。

それは、熱と悪夢に魘《うな》される自分を、慰めるように、なだめるように撫でる冷たい手だ。

母でもなく、妹でもない、あの日高熱の中で折れそうな心を支えたのは、間違いなく彼女だった。

——イーディス。

終章

「ですからお兄様。ティッシュのかなめは安定供給・大量生産・安価に手に入ることなのです。大量の商品が無ければ、消費社会をけん引してはいけないのです！」

「だがグレイス。今の工場だけでは」

「ですから新しい工場を！」

「赤字が膨らむ！」

「わたくしが黒にしてみせますわ！」

「自信があるのはいいんだがグレイス、いくらかかるか――」

「お兄様は財布のひもが堅すぎますわ！」

今日も執務室から熱い口論が聞こえてくる。イーディスは手紙の封を開けながら、それを微笑《ほほえ》ましく聞いていた。

マリーナからの手紙は日本語訳とレスティア語を交えたものだ。以前にも増して忙しいグレイスに代わって、文字の勉強を見てくれている。

――ついでにトレンドの話も入ってくるから一石二鳥だし……。

それにマリーナからの手紙と並行して、クラウスからのラブレターが届き続けている。イーディスはお嬢様の許可を得て、封を開けて中を見ているのだが――。

『麗しのグレイスへ。乙女の季節を前に君の雪のような髪が恋しくなっているよ。暖かくなるにつれて花の季節になるね。君にぴったりの花束を作らせて……』

読み上げながら、イーディスはこれをお嬢様が読んだらどんな顔をなさるだろう、と考えるのが日課になっている。

――たぶん……「小説家にでもなった方がいいわ」と仰《おつしや》るかな。

いったん「ラブレター」を仕舞って、マリーナの手紙を読み進めていく。今のところクレセント家の家族仲は良好らしい。

『クラウス様は、発明のアイデアを求めて多くの方と交流なさるようになったみたいです』

――よかった……。

『クラウス様は、あのご容姿でしょう、令嬢がたにモテモテなのですが、心に決めた方がいるからとあらゆるお誘いをお断りしているそうですよ』

――あらあらまあまあ……。

『グレイス様一筋のようですわ』

――あらあらあらまあまあまあ……。

イーディスはにんまりとそれを眺めていたが、気を取り直して屋敷の掃除に取り組むべく、手紙を定位置に置くと、大広間へ続く階段を上っていく。

「あ、イーディス！　クレセント社の使者さんから、お荷物預かってるよ」

すぐさまシエラが小包を抱えて走ってくる。

「たったいま受け取ったばっかり！」

「なにこれ？」

「グレイスフィールお嬢様へ、って仰ってた」

シエラはそれをそのままイーディスにパスすると、ひらひら手を振りながら去っていく。

「厨房《ちゅうぼう》で仕事があるからまたね！」

ちょっとだけ浮足立っているのは気のせいではないだろう。シエラはデアンに逢《あ》うのを心待ちにしていたのだ。春——乙女の季節が来る。

「あとでね、シエラ」

包みは意外と軽かった。イーディスは私室とアトリエで迷い、アトリエをノックする。

「失礼します」

「なあに」

あたりだ。

「クレセント社からお嬢様あてに小包が」

「クレセント社ぁ!?　またなの？」

「入っても？」

「もちろん」

アトリエでは一心不乱に令嬢がスケッチをしている。ペンを持ってみたり、インク瓶を動かしてみたり、何やら忙しそうだ。漫画家よろしく前髪も後ろ髪も上げて、お団子のように結っている。

「お荷物、開けてもよろしいですか」「ええ」

即答を受けて、包みをほどいていく。イーディスは中身を見て声を上げた。

中身が、真っ青に塗られたカメラだったからだ。

「あっ。お嬢様、これカメラです。青いカメラだ！　ええと、メッセージカードが」

「なんて？」

「愛するグレイス、君の瞳に、映すように、このカメラで美しい景色を写してほしい……？」

「……クラウスは小説家にでもなるべきだわ」

グレイスはきっぱりと言った。イーディスは笑いながら、クラウスからのプレゼントを差し出した。

「お嬢様、見事な青ですよ」

「私はお兄様からいただいたカメラがあるから、あなたにあげる」

「え、ええっ？　よろしいんですか？」

「よろしくてよ」

ちょっとうんざりしたようにグレイスが言った。「大事なひとに譲ったのなら、クラウスも許してくれるでしょう」

「なんでそんなに投げやりなんですか」

「お友達から始めましょうって言ったばかりじゃないの！」

グレイスはむっと唇を尖《とが》らせた。クラウスの距離感は、まだグレイスには早いらしい。

「……クラウス様は、積極的にアイデアを求めて、他の方々との交流を深めるようになったそうですよ」

「いいことだわ。ついでに人との付き合い方について学んでほしいものね」

「……あ、そうだ」

イーディスはひらめいた。

「クレセント社、掃除機とか開発してくれませんかね？　ちゃちゃちゃっと」

「ちゃちゃちゃっとは無理じゃない？」

「ですよね」

「でも、手紙で言ってみるわ。埃《ほこり》などの細かいゴミを吸い取る機械はいかが？　って」

「本当ですか⁉　掃除機があるとすごくお掃除が楽になりますね！」

「まだできてないわよ」

グレイスはそっけなく、しかし微笑みながらイーディスを見上げた。

「でも、彼ならやるわ、絶対ね」

イーディスは夢の掃除機を思い浮かべて手を握り合わせた。

「そうですね、お嬢様、きっと……」

しかし、掃除機は当然、ぽんと出てくるものではない。

階段下《ベロウステア》の自室の引き出しを開けて、ガラスペンの隣にカメラをおさめたイーディスは、今日も掃除に勤《いそ》しむ。まずは旦那《だんな》様の執務室からだ。不在の時を見計らい、板張りの執務室にモップをかけ、カーペットから塵《ちり》をとって、乱した書類は丁寧に重ねる。風を取り入れて湿気を逃がす……。

「よしよし。良い感じ」

そして掃除用具を片付けようとしたさい——ふと、正方形の紙がイーディスの目に留まった。それは「不要」のボックスに分けられている屑《くず》紙だったようなのだが、イーディスの目にはアレにしか見えない。

——折り紙だ！

「こういうの、外国のお客様に受けるんだよね……」

むくむくと悪戯心がわく。イーディスはその紙を旦那様の机の上に持ってきた。そして平らな面を利用して、きっちりと折り目をつけて、丁寧に折っていく。

「ええっと……」

頭で忘れても手が覚えているものだ。羽をつくり、尾をつくり、くちばしを作って……。

その時、背後からヴィンセントの低い声が囁《ささや》いた。

「紙細工？」

「ひょわっひゃあ⁉」

イーディスは驚いて完成した鶴を取り落とした。

「も、申し訳ございません、つい出来心で、その、熱中してしまってご入室されたのにも気づかず、申し訳ございません！」

「いや、構わない、掃除に入っていたんだろう。しかしこれは」

ヴィンセントは取り落とした鶴を持ち上げて首を傾《かし》げた。「なんだ？」

「わたくしの、故郷の鳥を模しております」

「故郷の？」

「はい」

イーディスは遠い日本の風景を懐かしむように目を細めた。

「千羽折ると、願いが叶《かな》うと言われておりまして」

「千？　それは大変な数だな。僕も作ってみようか」

ヴィンセントはそう言ったものの、鶴の構造を見て眉《まゆ》を寄せた。

「……できるかな？」

「できますとも！　覚えればすぐに。まず正方形の紙を用意しますでしょう、」

イーディスはもう一枚屑紙から一枚正方形を取り出すと、ヴィンセントの前に置いた。

「それでですね、こうして、こうして、こうやってですね」

「こうか」

「違います」

――そうしていびつな鶴が出来上がる頃になってから、けたたましいノックの音が聞こえてきた。

「イーディス！　イーディス！」

返事をする間もなく開け放たれたドアの向こうに、グレイスが立っている。

「はい、お嬢様……？」

「もう、今日はお掃除の日でしょう！　待っても待っても来ないから心配したわよ！」

ヴィンセントとイーディスは顔を見合わせた。

あんなに掃除を嫌がっていた令嬢が、どんな風の吹き回しだろう。

「お兄様も！　わたくしの『御付き』を占有しないでちょうだい！」

「わかった、わかったよグレイス、でも今はちょっと……」

グレイスは頬を真っ赤にして、唇をむっと突き出している。イーディスは笑って鶴を置くと、女主人の部屋を掃除するために道具を持った。

「仰せのままに、お嬢様。……今参りますね」

番外編　「トライアングル・トライアングル」

マリーナ・モンテスターの庭では今日も茶会が開かれている。

丸テーブルに、磨き上げた白い椅子が五脚。マリーナは貴族には珍しく、令嬢の御付きにまでお茶を振る舞うことで有名だ。孫娘まで気前のいい、モンテスターという家の貫禄《かんろく》である。

グレイスは一人、モンテスターの家の門をくぐる。先に待っていた二人の令嬢は、口々に声を上げた。

「イーディスは？」

「あら、今日は、イーディスさんはいらっしゃらないの」

クラウディア・クレセントが目をしばたたかせた。御付きもつけず一人でやってきたグレイスは、頬を掻《か》いた。

「ええ、所用があって今日は欠席を。それで、別の御付きを付けようかと思ったのですけど……」

グレイスはちらりと誰もいない後ろを振り返った。

「イーディス以外だと、なんだか据わりが悪くって。かえって一人の方がいいと思いましたの」

「イーディスはとてもいい御付きですものね」

マリーナがにこにこと微笑む。「ようこそ、グレイス様。お待ちしておりましたわ」

色とりどりの菓子や香り高い紅茶を並べて、マリーナは空いている席に自分の御付き、ロージィを座らせた。

「ですが、マリーナ様。給仕はどうするのです」

「いいのよ。ずっと立っていたら疲れるでしょう、その時が来るまで座っていて。それにせっかく用意した椅子がかわいそうだわ」

その言葉で押し切られたロージィはしぶしぶ言う通りにする。五つの椅子が埋まると、マリーナはみんなへ簡単な挨拶《あいさつ》を述べた。

「では、女子会をはじめましょうか！」

グレイスはクラウディアと、クラウディアの御付きらしいメイドに視線を向けた。女子会と言って伝わるものだろうか。明らかにマリーナの「前世」の言葉だが……

クラウディアは「ジョシカイでしょう、ええ、わかっておりますわよ、あのジョシカイよね」という顔をしているし、隣の少女に至っては「何それ？」という顔をしている。しかし聞けば主人の恥になると思っているのか、黙っているようだ。ロージィだけが、主人の使う語彙《ごい》の意味を完璧《かんぺき》に理解していた。

クラウディアは絶対わかっていないな、とグレイスは思う。だがここで口を出すよりか、女子会がどんなものかを見せた方が早いだろう。グレイスは頭の中で「いただきます」と告げて、紅茶のカップに手を付けた。

話はちょっと遡《さかのぼ》って、オルタンツィア家の朝まで戻る。


「お兄様、そんなの聞いてません」

「トーマスにも、キリエにも、そう言ってあったと思ったが……」

兄はメモ帳を捲《めく》って何度も予定を確認した。「いや、今日だよ。確かに今日だと言ったはずだ」

「うそよ、わたくしてっきり明日だと思って、イーディスにもそう伝えてしまったわ」

オルタンツィア製紙の「ティッシュ」を売り始めて半月。あらゆるアプローチで売り込みをかけているところだ。兄妹はその売り場の「視察」に行く予定を立てていたのだが、どうもすれ違いが生じたらしい。

「今日しか行けない。そう段取りをつけてしまった。明日以降は無理だよグレイス」

「でもわたくしだって、モンテスター家のお茶会に行く約束を取り付けてしまいましたわ」

「今日だと言ったはずだが……」

「わたくしは明日だと聞いておりました」

「水掛け論はやめよう、グレイス。なんの意味もない」

「なんの意味もないってお兄様――」

あからさまにむっとするグレイスに対して、どうしたものかと頭を抱えるヴィンセント。そこへお茶会に行く予定だったイーディスが通りかかり、こう聞いたのだ。

「お二人とも、どうされたのですか？」


「イーディスは今日どうして来られなくなってしまったの？」

グレイスは紅茶の香りを楽しみながら、マリーナの目を見た。

「通訳のお仕事が入ったのです。本当は連れてきたかったのですが――」

「ああ、なら仕方がありませんわね」

マリーナは物わかりがいい。

「次のお茶会にはぜひ来てくださいとお手紙に書かなければ」

「あの子は優秀な通訳と聞いておりますわ」

クラウディアは優雅にお茶菓子を食べ、その合間に微笑《ほほえ》んだ。

「一度でいいから、その腕前をじかに拝見したいものですわね」

「ええ、機会があれば」

グレイスも微笑むが、あまりクラウディアにはイーディスを近づけたくない。ユーリ・ツェツァン以上の危険分子だ。なにせ原作にいないキャラクターである。予測ができないし、前情報もないものだから、何を言い出すかわからない。ある程度人となりを知っていれば、どうにかして先回りできるものだが……。

「どうかなさって？　グレイスフィールさん」

「ああ、いえ、なんでもございませんわ」

思いがけずガン見してしまった。グレイスは優雅にかぶりを振って、心底大きなため息をつきたくなりながら、紅茶をふうと吹きさますふりをすることでこらえた。

——つらい。つらい。超つらい。陰キャつらい。助けてイーディス。

この場で頑張れているのはある程度訓練された「グレイスフィール」人格のお陰。前世の原作者、漫画家大先生は、つらすぎて涙が出そうだった。

——早く来てイーディス。うええん。

しかしイーディスは絶対来ないのである。なぜなら——

——予定のダブルブッキング、よくあることだけど。

「当社の製品が並べられているところを見るのは初めてかもしれません」

お茶会装備のまま、トーマスの車に乗せられたイーディスは、さまざまな小売店を視察して回っていた。

お茶会もキャンセルできない。そして視察にグレイスが居ないのも困る——それを解決するためにイーディスが間に入ったのである。そして実際、ヴィンセントは通訳としてのイーディスも連れていくつもりだったらしい。

「モンテナの輸入品店にも寄る予定がある。その時の通訳を頼めるだろうか？」

「もちろんでございます」

——御付きを取られたグレイスフィールは膨れていたが。


ヴィンセントは細かく刻まれたスケジュールの通りに各店を回った。宣伝のポスター——グレイスフィールのデザインである——が掲示されている街の一角や、試供品として小さくまとめたティッシュの包みを配っている広場まで。

ヴィンセントは広場で車を降りると、トーマスに「では、時間の通りに」と告げて帰らせた。

「ここからは歩きで行こう」

「はい」

広場は……汚かった。こんなに汚い広場は初めて見た。いや、イーディスだってそんなに外出の機会はないが、ティッシュの試供品を配ったためか、ちぎれたティッシュまみれになっている。

——うわ、ひどい……。街にゴミ箱があればいいんだけど。まあ、ゴミ箱があったとしてマナーを守ってくれるとも思わないけど……この状況は……。

ヴィンセントはこまめにメモをとっては、売り手たちとあれこれと話をしたり、時折考え込んでは、イーディスに話を振ってきた。

「どう思う？　全体的に」

「売り上げ的には上々かと思います。次の問題は、ゴミ問題でしょうね」

イーディスは広場の隅々に落ちている使いかけのティッシュを指さした。

「使い捨て製品が普及すれば、必然街が汚れます。ですから、街の清掃を請け負う組織の方と繋《つな》がりを持つ必要があるかと」

「というと……」

「……モンテスター家かと存じます」

アーガスティンの一帯は名目上、「王のもの」とされているが、実際の持ち主はほとんどモンテスター翁となっている。モンテスター家は大地主なのだ。

「マリーナ嬢か」

「今も街の修繕ですとか、清掃作業の慈善事業などはモンテスター家が舵《かじ》をお取りになっているようなので」

イーディスはマリーナの手紙の内容を思い出しながら、ヴィンセントを見上げた。

「話を通しておく方がよろしいかもしれませんね」

「そうか……」

「あるいは、モンテスター家と足並みを揃《そろ》えて、街の美化に取り組む、とか」

——前の世界……日本では植林なんかをしていたけれど、この異世界、そこまで木材は困っていないようだし。この世界はどうなんだろうか。

「そうでなければ、これから大量の木材が消費されますから、その伐採されたぶんの木材を補う形で、植林事業などを……」

「まてまて、わからない。どこへ向かっているんだ、イーディス」

ヴィンセントがメモを止めてイーディスを見下ろす。

「街の美化だとか植林だとか……うちは製紙業だぞ？」

「——企業イメージというものがございまして」

イーディスは薬のおかげで綺麗《きれい》に治った手のひらを上に向けた。

「これから消費社会をけん引していくにあたり、……不本意ながら、街を汚したり、環境を破壊したりしている企業というイメージが付きまとうことになります。ので、先んじて手を打っておくのです。ほら、今だって、街を汚す黒い煙に、よいイメージを持つことはないでしょう？」

「そこまで考えなければならないのか……？」

「いずれは、です。今すぐのことではありませんので、メモの片隅にでも書いておいてくだされば」

——うーん話しすぎたかな……？

何やら考え込むような顔をしながらメモとイーディスを見比べるヴィンセント。さすがに「ここ とは異なる世界に前例があるから」などとは言えないし、かといって環境問題に対してたかがハウスメイドが饒舌《じょうぜつ》に語ることができる理由を取り繕うことができるほど、イーディス・アンダントという少女は賢くない。

後付けの前世の「私」の記憶が、どうにか今のイーディスの知性を取り持っているだけの話だ。

「……まあ、いいだろう。市井《しせい》のことに関心を持っておくのも、会社のつとめだからな」

「はい、その通りでございます」

イーディスは適切に相槌《あいづち》を打った。


街をゆくヴィンセントの歩みは非常にゆっくりで、イーディスはそれに合わせるのに戸惑った。メイドの身分ゆえ、隣り合って歩くことはできない。だからグレイスとともに行動する時も必ず、三歩ほど後ろを歩くよう心がけているのだが。

――何回試しても旦那《だんな》様に追いついてしまうんだけど……。

離れたり、近づいたり、離れたり……イーディスとヴィンセントの静かな攻防が続く中、しびれを切らしたヴィンセントが振り返った。

「僕の隣を歩くのがそんなに嫌なのか？」

「いえ、いえ決してそんなことは！　ですがわたくしメイドの身分ゆえ」

イーディスは首も手もフルに振って否定した。まさかそんなことはない。ただ恐れ多いだけだ。

「ご主人様の後ろを歩くように、メイド長から言いつけられておりまして」

――嘘だけど。すみませんメイド長。

これはイーディスの矜持《きょうじ》の問題だ。

――だって「お客様」と並んで歩くなんてことできないじゃない！

要するに、前世の癖だ。

「……なら、僕が許すから、隣においで」

「え？」

「今日は妹と伺うからと言ってあるんだ。グレイスの振りをしてくれないと困る」

「ゑ《うえ》？」

なんだその情報は。イーディスはのけぞってから時間をかけて姿勢を正すと、早歩きでヴィンセントの隣に並んだ。

「し、しつれいします、旦那様」

「構わない」

そしてヴィンセントはナチュラルにイーディスの手をとった。

「こうだ。グレイスはいつもこうしているだろう」

ヴィンセントの、肘《ひじ》を曲げた左腕に右手を添える形になる。

「大丈夫だ、誰にもばれない。キリエにも、グレイスにも、誰にも」

——どういう？

イーディスは美しい顔を見上げた。美貌《びぼう》の主人《あるじ》はなぜか穏やかに笑っていた。


そうしてヴィンセントがイーディスをエスコートしていることを知らないグレイスは、人見知りなりにお茶会のお菓子をありったけ享受していた。

モンテスター家の焼き菓子はおいしい。特にスコーンだ。焼きたてで温かく、さっくりとしていて、紅茶によく合う。甘めのジャムを――あんずとか、苺だとか――添えた紅茶と一緒にいただくと、頬が落ちそうになってしまうのだ。

――あー。スケッチしたい。

このご馳走《ちそう》をスケッチしたい。食べ物をおいしそうに描くことは、漫画家時代からの課題なのである。

――いいかな？　いいわよね？

イーディスがいれば「今は駄目ですよ」とか「今ならいいんじゃないですか？」とか言ってくれるのだが、一人だとそんな相談もできない。だから、他の令嬢二人の顔色をうかがうしかないのだ。

クラウディアとマリーナは、誰と誰が仲が良いとか、いい感じだとか――男女の噂話を好んでいるらしい。グレイスにとってはどうでもいいのだが。

「――そうなのです。レオニールさまもアルベルトさまもハインリヒさんも最近、熱心にお手紙を送ってくださるのですが」

「まあ、マリーナってば隅に置けないわね」

――出たわね！　マリーナ取り巻き三銃士！

設定の通りマリーナのことを好きになったようだ。何よりである。グレイスがにんまりしたところで、マリーナはきょとんとハシバミ色の目を瞬《しばた》かせた。

「違いますわお姉さま。わたくし恋愛相談の窓口になっておりますの」

「恋愛相談の窓口ィ⁉︎」

グレイスは心の声に留《とど》めておけず、大声を出してしまった。

「うふふ」

マリーナはグレイスの反応を見てニコニコしている。

「わたくしね、気づいてしまったのよ、グレイス様」

そして紅茶を一口。溜《た》めに溜めて、言い放つ。

「──他人《ひと》の恋愛が一番《いっちばん》楽しいってこと！」

──あなたってそういうキャラだったっけ⁉︎

マリーナは手を握り合わせてキラキラと目を輝かせた。

「激アツですわ……ロマンス小説を読むより楽しいですわ……」

──激アツってあなた、そんな……。

グレイスの内心を読み取ったように、ロージィが隣で咳払《せきばら》いをした。

「お嬢様。あまりそのような言葉遣いをなさらぬようにと、大旦那様《おおだんなさま》から──」

「いやだわ、ローズ。だっておじいさまはこの場にいらっしゃらないでしょう？」

「ですが、ご客人の前でございます。お控えください」

強いロージィの語調を遮るように、クラウディアが笑う。

「よくってよ。わたくし気にしないわ。それにここは女子の花園、無礼講ということにいたしましょう。……マリーナ、続けて」

「お姉さま！」

姉妹のように会話する二人の間に入る気も起きず、返事をする気も無くして、グレイスは甘い紅茶を一口含むと、大きく音のないため息をついた。両隣から、令嬢の御付きたちの視線が飛んできた。思わず、肩をすくめる。

――イーディスがいないと駄目なグレイスフィールは卒業しなきゃいけないんだけど……。

三人しかいないのに一人すっかり浮いてしまったグレイスは、ゆっくりとスケッチブックに鉛筆を走らせる。

――イーディスがいたら、この場ももう少し楽しかったのかしら。

イーディスの顔を思い描く。丸いテーブルに六脚の椅子。マリーナと、クラウディアと、グレイスと……それぞれの御付きたち。イーディスが居る風景。

軽くあたりをとって、輪郭から描き入れていく。イラストの中のイーディスは、グレイスの願望も入り混じって、全員の視線を集めてきらきらと笑っている。

――イーディスがいればいいのに……。

観察とスケッチを繰り返しているグレイスへ、クラウディアが言葉を放ったのはその時だった。

「そういえばグレイスフィールさん、知っていて？　ヴィンセントとイーディスさんのこと」

それはおそらくクラウディアなりの心遣いだったに違いない。一人会話に交ざれずにスケッチを始めてしまった令嬢へ水を向けただけにすぎないのだろう。だが。

「えっ？　なん、ですの？」

グレイスにとっては寝耳に水。

「ほら、ヴィンセントが、イーディスさんにお熱《ねつ》なことよ」

「え？　え？」

徐々に石化していくグレイスの手元から、鉛筆が転がって落ちた。


一方、問題のイーディスはというと。視察の最後の目的地、モンテナ製品を取り扱う輸入商の店舗にお邪魔していた。

相も変わらずヴィンセントはイーディスに妹の振りをするようにと言っていたし、イーディスもそれに従っていたので、二人の距離はやたらと近かった。

――お嬢様視線だと、旦那様ってこんなに迫力ある美形だったんだなぁ……。

遠巻きに見るのと見上げるのとでは全然違う。もともと少女漫画のヒーローとしてデザインされた美しい男は、時折イーディスを見下ろして優しく笑うのだが、その意図が全然わからないイーディスである。

モンテナ語――英語で「お気に召すまま《As you wish》」と名付けられたその店は、レスティア式の建築の並ぶ中でやや異彩を放っていた。鉄骨を入れた混凝土《コンクリート》の家の中に、レンガ造りの茶色い色調が目立つ。店先に吊《つ》るした看板は店の名をそのまま彫り込んだ流木か灌木《かんぼく》で、彫ったところに赤いペンキを塗り込んでいた。

「雰囲気がある」

ヴィンセントは簡潔にコメントすると、鈴のついた扉を押し開けた。

「約束しておりました、オルタンツィア製紙です」

レスティア語ではっきりと告げたヴィンセントは、イーディスの手を放して中へと入っていく。至近距離の美形から解放されたイーディスはほっと胸をなでおろして、その後に続いた。

――眼福ではあるけど、過剰摂取するものじゃないな、美形って。

店内は自然の木を使ったらしいテーブルの上に、ありとあらゆる見知らぬ製品が所狭しと並び、麻の紐《ひも》で数字を印字したタグが結び付けられていた。値段のようだ。これはレスティアでの価格ということだろう、単位はこちらのもののようだし。

そしてイーディスは奥へと視線を滑らしていく。店の手前はそうしたモンテナからの輸入品が多かったが、奥へ行くにつれ見たことのある製品へと切り替わっていく。

ガラス製品だ――ツェツァン社の。

さらに奥には磨りガラスの衝立があって、その向こうに向かい合って座る人の影が見える。今まさに盛んに何か話し合いをしているようだ。双方、モンテナ語……英語だ。

「来客中でしたか、来る時間を改めましょうか」

ヴィンセントが手前で小柄な老人に話しかけている。通訳が必要かもしれない。

『いえ、いつものお客様です。何も特別なことは、ございません』

簡単なモンテナ語……英語で答える。ヴィンセントにもそれは聞き取れたらしかった。禿頭《とくとう》の老《ろう》爺《や》はわずかに残る白髪を伸ばして、髷《まげ》のように括っている。モンテナの人なのだろう。

とイーディスが考えている間にも、耳には会話が入り込んでくる。男性同士の会話である。

『ですから専務。そろそろ身の振り方を考えて頂きたいのです。旦那様も貴方《あなた》がその婚約者を連れてくるのを待っています。そうでなければリィン嬢との婚姻のお話が進むだけで』

『我《おれ》の言うことを信じられないと？　婚約者がいるという話がそんなに信じられないか？』

『ですから一度わたくしがお会いして、会長にも社長にも口利きを』

『無理だ』

『なぜです！』


——あー。

イーディスは今すぐ回れ右して帰りたくなった。


『まだ口説けていないからだ』

『チッ……専務。それ一般的には婚約者とは呼びません！』

『だから、婚約者にしてからお前に会わせる。叔父貴にも親父にも伝えるのはその時でいい』

『ユーリ様、あのですね、物事の全ての順番が、逆です』

『ああ。だから正常な順番にしてから、伝える。それまで時間を稼げ。我はあいつとじゃないと結婚しない。これは揺らがない』

『あーもう！　このわがまま！　俺様！　ワンマン専務！　間に挟まれる私の気持ちも少しは汲《く》んでくださいよ！』

『なんとでも言え』

その後男性はワ、ン、マ、ン、専務と呼ばれた男をなじりになじり倒してから勢いよく席を立ち、ずかずかと店を出て行ってしまった。長い黒髪の男だった。

――か、かわいそうだ……。

心底、名も知らぬ従者の男に同情してしまう。いま聞いただけでも相当な苦労をしていそうだ。胃薬の一つでも差し入れたくなってしまう。

――ていうか、私がここにいることがばれないうちに、用事を済ませたい……。

「イーディス」

そんな時に最悪のタイミングでヴィンセントが振り返った。ガラスの衝立の向こうの人影がぴくりと動いた。駄目だ。完全にバレた。

――嘘！　もう！　最悪！　どうして！

「これだ。最後の品らしい。売れ行きは好調だそうだ」

イーディスは静かに、しかし素早くヴィンセントの隣に滑り込むと、見せられた「セット」を拝見した。そして努めて「なんにもきいていないしるしらないです！」という態度をとる。

「あ！　素敵……」

それは実際素敵だった。グレイスが描いたイラストを効果的に使った装丁の紙箱に、ガラスペンとティッシュがおさめられている。深紅の燃える炎のような色合いのガラスペンが、ティッシュの白を際立たせている。

「いいですね。思っていたより素敵なセットです。センスがありますね、その……」

ツェツァン社の名前を出すのをためらう。けれど何も知らないヴィンセントには通じない。

「売れ行きがいいから追加の注文もしているそうだ。在庫もほとんどないそうだから、あとはツェツァン社との打ち合わせが必要だな──」

「ヴィンセント」

背後から聞き知った男の声が降り注いできた。長身の男はゆらりと体を揺らして、にっこり笑う。真っ黒なサングラス越しの目が笑っていない。


「奇遇」


──いつにもまして中国マフィアみたいな恰好《かっこう》……。

モンテナの伝統衣装をそのまま纏《まと》った男は、普段通り編んだ髪をいじりながら、黒いサングラスを何度も掛け直した。密会のつもりだったんだろうか。確かにこの場所で、さほど浸透していないモンテナ語を話したとしても、店の客にとってはバックグラウンドミュージックのようなものだろう。

『いつからいた？』

『ついさっきから』

『具体的には』

『ついさっきからです』

『ジャポネ、不確定な言葉で誤魔化すな。具体的には何分前だと聞いている』

『覚えていません』

ユーリは腕組みをした。衝立を背にしたヴィンセントは隣のイーディスとユーリを何度も見比べている。

『何も聞いていないな？』

『何のお話でしょうか？』

イーディスは口角まで完璧《かんぺき》に作って微笑《ほほえ》んだ。『専務、先ほどから何を気にしていらっしゃるんですか？』

『……まあいい』

営業スマイル、最強説。

まさかほとんど聞いていたとは言えない。言いたくもない。

——人のことを勝手に婚約者にするなぁ！

頭の中では怒りのような呆《あき》れのようななんだかよくわからない感情が渦巻いているし、それを悟られたくもないから、自然と穏やかな口調になる。こればっかりは前世からもらったギフトとしか言えない。

——テンションがどうだろうが気分がどうだろうが、接客態度は変わらないのよ。

『お前の女狐はどうした』

『女狐なんてひとはいません』

感情コントロールの余波で笑顔になってしまった。

『グレイスフィール嬢はどうした。なぜ狐とお前だけなんだ』

頬杖《ほおづえ》をついた中国マフィアは、サングラスを外して脚をがっと広げて座り、惜しげもなく美貌《びぼう》を手で押しつぶしてこちらを見上げてくる。

——そういうところがマフィアっぽく見えるんですよー。専務ー。

『お嬢様はお茶会に御呼ばれしています。わたくしはお嬢様の代わりに旦那《だんな》様に随行しているまでです』

『お前の最愛《Love》がやきもちを焼くんじゃないか』

『……まさか』

一瞬、どう訳せばいいかわからなかった。だが文脈的に「最愛」はおそらく、グレイスのことだ。

「……専務はグレイスの話をしているのか？」

聞いているだけだったヴィンセントが口を挟む。さすがにグレイスフィールの単語は聞き取れるのだろう。イーディスは主《あるじ》の顔を見上げて頷《うなず》いた。

「ええ、今日ここにいらっしゃらないのはなぜかと。お茶会のためとお答えしました」

「そうか」

ヴィンセントはまた傾聴の姿勢に入った。イーディスは先ほどの言葉の真意を問いただしたかったが、まず優先すべきことがあると思い直す。

『ガラスペンの件ですが、ツェツァン社の方で量産する見込みはありますか』

『お前たちがイラストや写真やいろいろで宣伝したから……多少はな。ティッシュとのセットを継続したいという話だろう。聞こえていた』

『では、話は早いですね』

イーディスはヴィンセントに今の会話をかいつまんで聞かせた。その場でちょっとした打ち合わせが始まる。

『パッケージデザインを増やすとか。お買い求めになるのは女性の方が大半とお聞きしました』

『ああ、そうだな。四種類は欲しい。モンテナでは「四方」にいる聖なる獣をあがめている。そのデザインが良い。――モンテナでティッシュが売れるのはやぶさかではないだろう？』

『ええ。お嬢様にお伝えします』

おそらく四聖獣のことだろう。東西南北にあてがわれた青龍《せいりゅう》、白虎、朱雀《すざく》、玄武のことだ。しかし、ティッシュをモンテナでも広めたいと思ってくれているのだ。大変ありがたい。

『もし可能であればその神々の資料を送ってください』

『わかった。送らせよう。あとはデザイナーに任せる』

『ええ、デザイナーも腕を振るってくれることでしょう』

イーディスがいまの会話をヴィンセントに伝えようと顔を上げると、思いがけず険しい顔をしたヴィンセントが、俯《うつむ》くように下を向いている。イーディスは思わずその顔を覗《のぞ》き込んだ。

「あの、旦那様？　どうかなさいました？」

「……いや、なんでもないよ」

陰りを見せたのも一瞬、ヴィンセントはいつもの通り頼りになる笑顔を浮かべて、胸のあたりを押さえた。

「なんでもないんだ」

「本当に……？」

そんなヴィンセントはあまり見ないものだから、イーディスは不安になってユーリを放り出すと、ヴィンセントの顔をじいっと見つめた。

「具合が良くないとか……体の不調のようなものがおありですか？」

「いや、大丈夫だ」

そう言ってヴィンセントは、体を傾けたために落ちてきたイーディスの髪のひと房を指で持ち上げて、イーディスの耳に掛けた。冷たい指先が頬に触れる。

「髪が乱れているよ」

「……見苦しいところをお見せしました」

自ら髪を直すイーディスに、ユーリが満面の笑みを浮かべた。

『近い』

イーディスは跳ねるように振り返った。

『近いってなんです』

『男女の距離だぞ、離れろ』

マフィア男――ユーリは剣呑《けんのん》な雰囲気を黒い瞳《ひとみ》の奥に宿している。

『な、なんであなたにそんなこと言われなきゃならないんですか！』

イーディスが憤慨して身を乗り出したその瞬間である。長い男の腕が伸びて、イーディスの胸倉を掴《つか》んだ。

『なぜなら《because》』

顔が近づいてくる。

これは、あれだ。やばい。どうしよう。何の準備もできていない。イーディスは反射でぎゅっと目をつぶった。そして、訪れるかもしれない衝撃に備えた。

だが――ユーリの唇が触れたのは、イーディスの耳だった。

「おれはおまえを愛している」

耳朶《じだ》に柔らかく触れるそれは、モンテナ語でもなければレスティア語でもなく――久しく聞いていない、――前世のことば……日本語だった。

ざわ、と背筋のなかを何か妙な感覚が駆け抜けていく。伸びっぱなしのつま先から力が抜けそうになる。ローテーブルの上についた手が、震えている。

見開いた目の奥には、ユーリの肩口しか見えない。回された腕が長い。

「あと二年待つ、二年だ。気が変わったら来い」

この人は今どんな顔をしているんだろう。イーディスは身を離してその顔を見てみたくなった。だけど、見たら最後、ユーリも自分も何をするかわからない、という懸念が辛うじて、イーディスの理性を繋《つな》ぎとめた。

——気が変わったら？　どういうこと？　何の話？

混乱するイーディスのなかでちゃんと思考が繋がっていく前に——、イーディスは別の腕にからめとられていた。

「……専務！」

ヴィンセントが語気を荒らげた。抱き込まれる胸がそれなりに鍛えられていることがわかるほどイーディスの顔は彼に埋まってしまっていた。

「彼女は我が家のメイドです、何をするんですか！」

ヴィンセントの鼓動は速い。早鐘のように脈打つその鼓動がイーディスの耳に届く。

——なんですかこれは⁉

香水の匂いがかすかに香ってくる。トーマスが旦那様の御着替えのさい、たったひと噴きするというコロン。それが首筋のあたりから――。

かあっと頬が熱くなるのは防衛本能に違いない。

「あ、あの、旦那様、旦那様」


――ユーリはわかる、ぎりぎりわかる、だけど旦那様は、彼《ヒーロー》は！　違うって！


ぱふぱふと胸元を叩《たた》くイーディスのかぼそい抵抗を無視して、ヴィンセントはねめつけてくるユーリの眼光を真っ向から見返していた。

青い瞳がこれほど燃えるのを、誰も知らない。作者である漫画家ですら知らない。そして妹であるグレイスさえも知らない。

「……はっ」

乾いた声で笑ったのはユーリである。

「覚悟、ないくせに。腰抜け」

「……私を見誤らないでいただきたい」

挑発的な言葉を繰り返すユーリに対し、ヴィンセントの言葉は硬い。

「立場に甘える、軟弱」

「どう受け取ってもらっても構わない。彼女は我が家に必要なんです。貴方《あなた》には渡せない。それだけ、わかってください」

「フン、『獰猛《どうもう》な狐。ようやく本性を現したな』」

——待って。なんで。なんでええええ！

いつもならこの辺りで、いやこうなる前に、「やめなさーい！」とかなんとか言いながらお嬢様が乱入してきてことを収めてくれるのに、お嬢様はいない。お茶会中だ。今のイーディスは無力だ。

ヴィンセントの胸板をぺしぺし叩きながら、二人の男の罵《のの》り合いを聞かなければならない。

——おじょうさまたすけてーッ‼　たすけてぇええええ‼


「お兄様がイーディスのことを好きですって？」

「あら、知らなかったの？」

クラウディアが意外、と言わんばかりに緑の目をいっぱいに開いた。

「余計なことを教えてしまったかしら……」

「い、いいえ！　詳しく聞かせてくださいましっ」

グレイスは首をぶんぶんと振って立ち上がった。動揺が顔から行動から全てににじみ出てしまっていた。スケッチブックが膝《ひざ》から落ち、先に落ちていた鉛筆と一緒に転がる。それを拾ってくれたクラウディアの御付きが、不安そうに主とグレイスを見比べていた。

しかし、思ったよりグレイスは冷静である。本人すら驚くほど冷静だった。

——なぜだろう。

椅子に座り直し、落としたものを受け取り、それから気を取り直して紅茶など飲んで、一息ついてから、グレイスはクラウディアに尋ねた。

「どうして、そうお思いに?」

「本人がそれらしい振る舞いをしていたから……」

心底申し訳なさそうなクラウディアは、気づかわしげにグレイスを見た。マリーナもまた、不安そうに二人を見比べている。しかしグレイスはやはり、思ったいい以上に冷静であった。どういうわけか。

この場に泣きつくべき御付きがいないからかもしれない。

そして問題に挙がっているのがその御付きだからかもしれない。

——私が、めっちゃくちゃ嫉妬《しっと》してるっぽいのはわかるんだけど。

なんでよ! どうしてよ! と泣きわめきたい気持ちがないでもないが、そんなことよりも、そう、そんなことよりも。

——私は、どっちに嫉妬してるの? 本当にイーディスなの? それとも、お兄様?

「ヴィンセントは、好きな人がいる話をしていたのよ、だからわたくしもそれを聞いて身を引いたわけ」

「そんなことがあったのですね、お姉さま……」

マリーナが相槌《あいづち》を打つ。グレイスとしては「お前が言うな」ではあるものの……。

「……身を引いた？」

「ええ、まあ」

問いただすと、クラウディアは言いにくそうに言葉を濁した。

「わたくしは、結婚相手に恋愛を求めていますから。もとから好きな人がいるのであれば、無理にわたくしを好きにならずともよいと……」

「………」

――クラウディア、たぶんそんなことしてたら一生結婚できないわよ。

当初は断固反対を掲げていたグレイスも、思わず内心で突っ込んでしまう。結果的に兄は婿入りせずに済んだから、こんなことを考えるのかもしれないが……。

「グレイスフィールさん、お気を悪くなさらないで」

「いいえ、ご心配には及びません」

眉《まゆ》をハの字にしたクラウディアを励ますように微笑《ほほえ》むと、グレイスは考え込む。

――私は嫉妬をしている。だけどどっちに嫉妬してるのかわからない。お兄様なのか、イーディスなのか……。

「マリーナ」

「はい？」

「イーディスと文通していて、何か話は聞いていていて？」

「いいえ、そんな影は全く……いつも裏表のない返事をくれます。文法はめちゃくちゃだけど」

――でしょうね……。

いつも通りのイーディスの行動にほっとして、それから胸に手を当てる。私は今何を考えているんだろう。嫉妬に燃え狂う心と同じくらい、心を凪《な》がせている何かがある。

――これは、ひょっとして……。


モエ。


――身分差、叶《かな》わぬ恋、風のように奔放なメイドに恋をした堅物の主人、……。

「ああ、そうか……」

――そういえば、身分差、癖《ヘキ》だったわ。

夕日に照らされるイースター島のモアイ像のような顔になったグレイスは、マリーナの先ほどの言葉を思い出している。

……他人の恋愛が一番楽しい。

「そのとおりだわ……本当にその通りだわ！」

「何？　どうなさったの？」

クラウディアが困る横で、マリーナがそれをなだめる。

「グレイス様は制作モードに入られたのですよ。お姉さま、お静かに」

鉛筆を走らせはじめたグレイスを見ながら、クラウディアが言う。

「……ちょっとわたくし、思ったんだけど、聞いてくれる？　マリーナ」

「ええ、なんでしょう、お姉さま」

「本当に……クラウスとグレイスフィールさん、とっても似た者どうし……ね」

頬に手をあて苦笑するクラウスの姉は、もはやこちらを見もしないグレイスのつむじを見て笑った。マリーナは声をひそめ、その耳元に熱っぽくささやく。

「そうでしょう、そうでしょう！　……あのお二人の良いところは、お二人とも芸術家気質なところにありますのよ！　お互いの趣味に理解があるお二人ですからきっとうまく行きましてよー！」


令嬢から職人の顔になってしまったグレイスは、さっそく鉛筆を持つが――。

「いや、でも……」

――イーディスにはツェツァン専務がいるじゃない。すでに。でも、ええ、どうしよう……？

「ううん……」

奔放なメイドに惹《ひ》かれる堅物主人と……異国の次期社長。

「三角関係ってどうなのかしら。今時ウケるのかしら……？」

「最近のロマンス小説では、一人の女性が複数の男性から求愛される物語が流行しております。ですから、男性二人に対して女性主人公が一人、ありえない話ではありません」

クラウディアの御付きが滑らかに喋《しゃべ》った。ロージィは「マジで？」みたいな顔で彼女を見つめたが、彼女は真剣そのものだ。

「主人公がどちらを選ぶのか、どうなってしまうのか……そこまで含めて醍醐味《だいごみ》でございますから」

「詳しいのね」「好きなんです」

間髪容《い》れない返答にグレイスはにこりと笑う。

「詳しく聞かせてほしいわ」

「何をなさるおつもりで？」

もともとオルタンツィアのメイドだったロージィが尋ねる。グレイスはロージィの目を見つめて、やはり楽しそうに顔をほころばせた。


「漫画家のお仕事……いいえ、趣味よ」

「マンガカ？」

二人のメイドは首を傾《かし》げた。しかしグレイスは、早くも頭の中でネームを切り始めていた。


一方のイーディスが助け出されたのは意外とすぐのことだった。

『ストップストップ、そこまでにしないとお嬢さんがかわいそうです』

白髪の髷《まげ》を結った老主人が言うと、ユーリはふいとそっぽを向き、ヴィンセントははっとしてイーディスを手放した。解放されたイーディスはよろよろと崩れ落ちる。

「はー、苦しかった……」

「すまない……つい力を込めてしまった」

「恐縮です……」

それからイーディスはちらりとユーリを見やった。窓の外を眺める横顔に、先ほどの熱はなかった。だけど、耳元には先ほど触れた唇の感触や、吐息をかすかに含んだ日本語の告白が残っている気がする。イーディスは人知れず耳に触れ、そして俯《うつむ》いた。

『ユーリ』

イーディスは、慎重に言葉を選ぶ。

『また逢《あ》いましょう』

『ああ』

ユーリはそれ以上何も言わず、傷のないイーディスの手を取ると、その甲にゆっくりと口づけた。

イーディスにはそれが、これ以上ない彼の、イーディスに対する真摯《しんし》な姿勢なのだと受け取った。

メイドの汚れた手の甲に、キスする男なんかいない。

そうだ、前から。前からこの人は。

『また逢おう、イーディス・アンダント』

「専務は」

帰りの車の中で、ヴィンセントは静かに口を開いた。イーディスは後部座席で、ヴィンセントの銀髪の後頭部を見ていた。

「専務はあの時、なんと仰《おつしや》ったのだ」

あの時。おそらく、ユーリにささやかれた時のことを言っているのだろう。

「モンテナ語の響きじゃないことだけは判《わか》った。あれはどこの言葉なのか……」

「モンテナ語ですよ」

「……」

「モンテナ語で、通訳に来いと。しつこく言われただけです」

「……」


「おれは、おまえを愛している」


きっとユーリが日本語を使ったのは、『愛している《I love you》』をヴィンセントに聞かれる可能性があったからで……。たぶん……ん？

――まって、聞かれちゃいけないこと？　そんなに聞かれて困ること？

今の今まで、公衆の面前で、あれだけのモーションを掛けてきておいて今更、告白だけ聞かれないように日本語で、だなんてそんな真似をユーリがするだろうか？　むしろ嬉々《きき》として見せつけないだろうか？　なぜ、ヴィンセントに隠した？

かつて交わした軽口のことを思い出す。

『売った喧嘩《けんか》を後悔する男に見えるか？』

——見えません。


「専務は、お前のことを気に入っているようだが」

ヴィンセントは沈黙の後で、再びイーディスに尋ねた。

「おまえは、専務のことをどう思っているんだ」

「放ってはおけない方だと思います」

イーディスは即答した。言いよどむことは、彼を不安にさせるだけだ。

「……放ってはおけない方、か」

「放っておけないのは、旦那《だんな》様も、お嬢様もです」

ヴィンセントが振り返った。明らかに驚いていた。

「……そうなのか？」

「そうです、旦那様、お嬢様、……それからマリーナ様も。クラウス様も、クラウディア様も……必要とあらば、わたくしがお力になりたいと考えております。皆、同じです」

驚きに満ちていた美貌《びぼう》が緩やかに笑む。そして彼は声を洩《も》らして、笑った。

「ふふ。ははは。そうか。……そうか。そうなんだな」

「どうかなさいましたか？」

「いや。ちょっと心配したんだ。おまえがいなくなる未来を想像して」

「そんなことは」

ありえません、とまでは言えなかった。あの目が。黒い瞳《ひとみ》がそれを言わせなかった。


——ずるい男。


「だから、すべて僕の無駄な心配だったと。そう思っただけだよ」

ヴィンセントは笑いながらにじんできた涙を拭《ぬぐ》っている。胸のあたりを押さえたまま、オルタンツィアの主人は前を見つめた。

「よかった。ちゃんと前を向いて歩けそうだ」

「どういう……」

主人の言葉の意味をはかりかねているメイドに、ヴィンセントは前を向いたまま言った。

「気にしないでくれ。何も。おまえはそのままでいい」


屋敷に到着したイーディスは真っ先に令嬢の姿を探した。私室にいないということは、アトリエか。アトリエの扉をどんどんどんと叩《たた》いて、イーディスは令嬢の首に縋《すが》りついた。

「うわあああんお嬢様ああ」

「どうしたのイーディス。今いいところなのよ。ちょっと退《ど》いてくれる」

「どうしてそんなに塩対応なんですかぁ」

イーディスの目は潤んでいた。「怖かった、怖かったんです！」

「お兄様とデートして、何も怖いことなんてないでしょうに」

「デートじゃありません！　視察です！　こ、怖かったんですから！　人を挟んで喧嘩する成人男性たちに一回囲まれてみてくださいよ！」

グレイスはその時初めて眉を上げた。

「喧嘩する男性たちって、誰よ」

「旦那様と専務です。なんだか知らないけど――本気の喧嘩してました！」

私を巡って。という情報は伏せたはずなのに、グレイスはイーディスの腕の中でぐりんと体をひねって、イーディスに向き合い、その頬をぎゅうっと挟んだ。

「三角関係じゃないの！　それで！　それでどうしたの！」

「はひ！　おみへのひほがはふへへ」

「何言ってるかわからない！」

「お店の人が助けてくれました」

「そこは、『やめて私のために争わないで！』でしょう！」

イーディスはのけぞって、グレイスに抱き着いていた手をほどいた。

「なんで何も言ってないのにわかるんですか⁉」

「マリーナの情報網を舐《な》めないことね」

「エスパー？」

イーディスが慄《おのの》く横で、グレイスはティッシュとつけペンを駆使して何かを一生懸命描いている。

「あれ。お嬢様。漫画ですか？」

「ええ。久しぶりに描いてみようと思って」

「へぇー……ティーンズラブですか」

「二人の高貴な男に翻弄《ほんろう》される少女の話よ」

「三角関係ですね。ところでお嬢様？　気のせいかこの男……専務にそっくりでは？」

「そうよ」

イーディスは嫌な予感がした。

「こちらは旦那様に……？」

「その通り。モデルがいるの。ちなみに主人公がこの子」

作業に没頭しつつある漫画家の返事は徐々に雑になっていく。イーディスは描き込まれていく少女の顔に口をぱくぱくさせた。

——女は私にそっくりだし!?　メイドの格好してるし！

「しょ、しょ、肖像権の侵害！」

ちなみにレスティアにまだそんなものはない。

無礼にもグレイスを指さしてしまうが、グレイスはそれを咎《とが》めることはなかったし、イーディスも無礼を働いている意識がすっ飛んでしまっていた。

「名前も設定もちょっとずつ変えてあるから大丈夫よ」

やたらめったらキラキラしたヴィンセント似のキャラクターが甘すぎるセリフを吐いていたり、ユーリ似のキャラクターがイーディス似のキャラクターを壁ドンしていたり——突っ込みどころがたくさんある。字がある程度読めるようになってしまった弊害だ。何も知らなければ、まだわからないままへらへら笑えたかもしれないが。

弁明する気もなさそうなグレイスに若干腹を立てながら、イーディスはぷりぷりと文句を垂れた。

「なっ、何も大丈夫じゃありません！ それに私、その、専務はともかく、旦那様とは、そんな、そんな恐れ多いことにはなっていません、断じて！」

「本当に？」

口元をニマニマさせて、グレイスがペンを置き、頬杖《ほおづえ》をついた。

青い瞳に晒《さら》されたイーディスは、今日のこと——妹のふりだとか、耳朶《じだ》に触れた吐息だとか、初めて間近で嗅《か》いだ旦那様の香水だとか、初めて素肌に触れた唇だとか、いろんなことを思い出して、かあっと顔を真っ赤にした。

「ほ、」

グレイスは悩ましげなため息をついた。

「モテるイーディスはつらいわ。そしてモテる御付きを持った私もつらいわ。お兄様がいばらの道を行くのも、専務があなたをかっさらうのも、どっちもおいしいんですもの」

「――ほ、ほんとうですってばあ！」

「私の妄想とイーディスの現実、どっちが過激なのかしらね」

「もう！　お嬢様！　いじわる！」

「……ごめんね、あんまり揶揄《からか》い甲斐《がい》があるものだから……」

グレイスはころころと笑い、椅子から立ち上がってイーディスを手招いた。拗《す》ねたふりのイーディスは迷わずその腕の中に飛び込んでいく。


「なんと言われようと！　私はお嬢様のメイドですから！」

「そうね。その通りだわ」

ぷんぷんするイーディスをなだめる白魚のような指が、背中をとんとんとさする。

「……男性同士の喧嘩、めちゃくちゃ怖かったんですから！」

「私も、イーディスが居ないお茶会は少しさみしくてつまらなかったわ」

本来こんなことはすべきではないのだが。イーディスはぎゅうっと令嬢のドレスの肩にしがみつき、姉妹にするようにその銀髪をかき抱いた。

「お嬢様の嫁ぎ先までついていくんです、私は！」

「――あら。あなたもあなたで、幸せになっていいのよ、イーディス」

その言葉にどれほどの深慮がにじんでいたか――わからないほど子供ではない。だが、イーディスは揺らがない。

「いやです」

イーディスは令嬢の青い瞳を覗《のぞ》き込んだ。

「いつまでもおそばにおいてください。それが私の、幸せです」


後日。

「ねえマリーナ。相談があるんだけれど」

「なんでしょう、グレイス先生？」

漫画を描いている間のグレイスのことを「先生」と呼ぶのはもはや通例だ。グレイスはメモの束を捲《めく》りながら嘆息した。

「主人公のメイドが作中で一番のイケメンになってしまうの」

マリーナが紅茶を噴き出しかけた。物語の正ヒロインも形無しのギャグめいたしぐさに、グレイスは小さく笑った。

「二人の貴公子のあらゆる問題も解決してしまうし……強く当たり散らす悪役令嬢のことまで許してくれるし、挙句に熱烈に口説いてしまうのよ」

「それは……困りましたわねえ。断罪ルートに行かないのですか？」

「そうなの。あらゆるフラグをへし折ってしまうのよ。困ったわ」

マリーナはしばし考えて、うーんと唸《うな》った後、ぱちんと手を打った。

「悪役令嬢もハーレムに加えてしまうのはいかがですか？」

グレイスはそれを聞いて目を丸くしたが、やがて苦笑した。

「……繰り返すものね」

「はい？」

「こっちの話よ」


「お嬢様、マリーナ様、お待たせいたしました！」

緑色のワンピースを着たイーディスが手を振る。背後には商談を終えたばかりのツェツァン社専務と、オルタンツィア製紙の社長の姿がある。

「ようこそ、みなさま！　お待ちしておりました」

マリーナが立ち上がった。

春風が乙女たちの長い髪を舞い上げていく。強い風の中でイーディスがこちらへ向かって笑いかけた。グレイスはメモの束を鞄《かばん》の中に押し込み、座ったまま彼女に手を伸べた。

「こっちへ、イーディス」

「はい、お嬢様」

あとがき　「それでも続いていく明日のために」

またお会いしましたね。ご無沙汰《ぶさた》しております、あるいは初めまして。紫陽凛《しようりん》です。

なんてことだ、「ポンコツメイド」の二巻が出ましたよ⁉　一巻が出る時も実は「夢じゃないかな」と思っていたのですが、二巻が出るとなった今でさえ変わらず夢の中です。覚めることのない夢の中にいるのか現実なのか、みたいなところでふわふわクラゲみたいに漂いながらこれを書いています。

ぼんやりと頭の中にあった「続きを書くならこう」というイーディスの奮闘記をこういった形で書くことができて本当に嬉《うれ》しいです。

これを書いている今は絶賛ゲラをなんとかいい感じに「えいやっ」としている途中なのですが、すでに挿絵の頁《ページ》がですね、用意されておりまして。二巻は十枚も挿絵がついてしまうんですか⁉いいんですか⁉　と思いながら作業をしております。まだ見ていないのですが、一巻に引き続き、ｎｙａｎｙａ様が美麗絵でイーディスたちの活躍を描いてくださっています。楽しみです。あまりの尊さに吹き飛ばないように覚悟しています。

だってあれとあれとあれが絵になるんですよ⁉　私の興奮の理由は本編・番外編の挿絵をご覧く

ださい。絶対かっこいいに決まっている。

なお紫陽凛はと言いますと……本業のかたわら書《か》き綴《つづ》った本文は誤字・誤変換のオンパレード。どこに住んでいらっしゃるかわからない校正さまに頭を下げるべく逆立ちを繰り返しては失敗しています。本当にひどい間違いばっかりだ……ですが安心してください。皆さんの元に届く頃には全部綺麗《きれい》に直してありますよ。

本を作るとき、本当にたくさんの人に支えられているなと感じます。挿絵、表紙デザイン、本文の直しから表記ゆれの指摘、編集作業、それから……多分一番楽なところでこうして文章を書いている私が知りもしない細かい作業がたくさんたくさん積み重なってこの一冊を作っていると思うと、関わってくださったすべての皆様に頭の下がる思いがします。

イーディスたちハウスメイドが一生懸命に屋敷のお掃除をするみたいに、ひとつひとつの工程に魂を込めて作業してくださっている皆様のおかげで、私は本を出すことができています。本当に、本当にありがとうございます。細部にこそ魂は宿るといいます。「紫陽凛の本である」と書いてはありますが、本を飾る全てが私の作ではなく、たくさんの人に支えられて出来上がったものですから、そのことを忘れないようにしたいものです。


——さて。

話は変わって皆様にご報告がございます！　ご縁がありまして、「ポンコツメイド」コミカライズが決定いたしました！

わー⁉　えっコミカライズですか？　あのコミカライズですか？　コミカライズって漫画になるってことですよね？

今もちょっと疑っていますが、ちょくちょく担当様からコミカライズ関係のメールが来ているので私の見ている都合のいい夢ではないことは確かです。アニーやシエラや三人娘、メイド長にも会えますよ！

詳細はわたくし紫陽凛のX（旧Ｔｗｉｔｔｅｒ）アカウントでの発表や、公式のアナウンスをお待ちくださいませ。実は、皆さんに早くお知らせしたいことがたくさんあるのです。

それでは恒例の感謝の言葉を。

カドカワＢＯＯＫＳ編集部の皆様。常にリードしてくださった担当編集のＷ様。イーディスやグレイスに命を吹き込んでくださったｎｙａｎｙａさま。この本に関わってくださったすべての皆様。たくさん買って布教してくれたり、宣伝してくれたり、たくさん喜んでくれたりした家族の皆。

文筆活動を支えてくださったフォロワーの皆さん。

一巻が出た時に「おもしろかった」「続きが欲しい」と発信してくださった皆様。

本当にありがとうございます。お陰で今日も紫陽凛は、世間の荒波の中でめげながらも、せこせこと小説を書き続けています。書き続けることができています。これが最上の幸せであることを、実感する毎日です。

では、いつかまた、どこかでお会いできる日が来ることを願って。

紫陽凛　拝

カドカワBOOKS

転生《てんせい》したらポンコツメイドと呼《よ》ばれていました2
前世《ぜんせ》のあれこれを持《も》ち込《こ》みお屋敷改革《やしきかいかく》します

2024年6月10日　初版発行

著者／紫陽《しよう》　凛《りん》
発行者／山下直久
発行／株式会社KADOKAWA

〒102-8177
東京都千代田区富士見2-13-3
電話／0570-002-301（ナビダイヤル）

編集／カドカワBOOKS編集部
印刷所／暁印刷
製本所／本間製本

Printed in Japan
ISBN 978-4-04-075462-8 C0093

新文芸宣言

かつて「知」と「美」は特権階級の所有物でした。

15世紀、グーテンベルクが発明した活版印刷技術は、特権階級から「知」と「美」を解放し、ルネサンスや宗教改革を導きました。市民革命や産業革命も、大衆に「知」と「美」が広まらなければ起こりえませんでした。人間は、本を読むことにより、自由と平等を獲得していったのです。

21世紀、インターネット技術により、第二の「知」と「美」の解放が起こりました。一部の選ばれた才能を持つ者だけが文章や絵、映像を発表できる時代は終わり、誰もがネット上で自己表現を出来る時代がやってきました。

UGC（ユーザージェネレイテッドコンテンツ）の波は、今世界を席巻しています。UGCから生まれた小説は、一般大衆からの批評を取り込みながら内容を充実させて行きます。受け手と送り手の情報の交換によって、UGCは量的な評価を獲得し、爆発的にその数を増やしているのです。

こうしたUGCから生まれた小説群を、私たちは「新文芸」と名付けました。

新文芸は、インターネットによる新しい「知」と「美」の形です。

2015年10月10日
井上伸一郎

図書館の天才少女

～本好きの新人官吏は膨大な知識で国を救います！～

蒼井美紗

ill. 緋原ヨウ

本が大好きで、ひたすら本を読みふけり、ついに街中の本を全て読み尽くしてしまったマルティナは、まだ見ぬ王宮図書館の本を求めて官吏を目指すことに。読んだ本の内容を一言一句忘れない記憶力を持つ彼女は、高難易度の試験を平民としては数年ぶりに、しかも満点で突破するのだった。

そして政務部に配属されたマルティナは、特殊な記憶力を存分に発揮して周囲を驚かせていくが、そんな時、魔物の不自然な発生に遭遇し……!?

IX
「賢いヒロイン」
中編コンテスト
受賞作
王宮の本を読むため
官吏になったのに、
国の頭脳として
頼られています!?
コミカライズ企画進行中!

悪役令嬢（無自覚）、モノづくりで
死亡フラグを
へし折る!?